Buch

Jedes Kind in der kleinen Stadt wollte eines von Henry Staufs Spielzeugen – es waren die schönsten weit und breit. Doch diejenigen, die eines der begehrten Spielzeuge in die Hände bekamen, starben kurze Zeit später an einer geheimnisvollen, tückischen Krankheit, und Stauf zog sich in sein einsames Haus auf dem Hügel zurück. Manche sagten, daß ihn die Trauer um die toten Kinder zum Eremiten gemacht hätte. Aber niemand wußte genau, was in der Abgeschiedenheit des langsam verfallenen Hauses vor sich ging.
Jetzt, Jahre später, steht das Haus verlassen zwischen ein paar verkrüppelten Ulmen, ein makabres Mahnmal, das an die dunklen Zeiten des kleinen Ortes erinnert. Und in einer schicksalhaften Nacht lädt Stauf sich Gäste ein; sechs Besucher, mit denen er etwas ganz Besonderes vorhat. Und nur einer kann sie retten – der siebte Gast, der der einzige ist, der den Untergang aller, wenn nicht der ganzen Welt, verhindern kann.
Der siebte Gast – der Roman zum erfolgreichsten und bestverkauften Computerspiel aller Zeiten.

Autoren

Matthew J. Costello, für seinen Roman *Homecoming* für den Bram Stoker Award nominiert, ist zugleich der Schöpfer des Computerspiels *Der siebte Gast*, das ihn zum Multimillionär gemacht hat. Craig Shaw Gardner ist Fantasy-Lesern vor allem durch seine Romane um den »anderen Sindbad« bekannt.

MATTHEW J. COSTELLO
CRAIG SHAW GARDNER

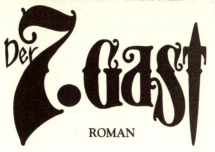

ROMAN

Aus dem Amerikanischen
von Ute Thiemann

GOLDMANN VERLAG

Die amerikanische Originalausgabe erschien 1995 unter dem Titel
»The 7th Guest« bei Prima Publishing, Rocklin, California, USA

*Für Christopher, den letzten Gast in unserem Haus.
Matthew J. Costello*

*Für Tracy, die ein gutes Spiel erkennt, wenn sie es sieht.
Craig Shaw Gardner*

Umwelthinweis:
Alle bedruckten Materialien dieses Taschenbuches sind chlorfrei
und umweltschonend. Das Papier enthält Recyclinganteile.

Der Goldmann Verlag
ist ein Unternehmen der Verlagsgruppe Bertelsmann
Deutsche Erstveröffentlichung 5/96
Copyright © der Originalausgabe 1995 by
Matthew J. Costello and Craig Shaw Gardner.
Portions copyright © 1995 by Trilobyte, Inc. and Virgin
Interactive Entertainment, Inc.
All rights reserved. Original charakters are copyrighted by Trilobyte, Inc.
and Virgin Interactive Entertainment, Inc.
»Virgin« is a registered trademark of Virgin Enterprises Limited.
»The Seventh Guest« is a registered trademark of Trilobyte, Inc.
and Virgin Interactive Entertainment, Inc. Unauthorized use is prohibited.
Authorized translation from English Language Edition.
Original copyright© Prima Communications, Inc., 1995
Translation copyright© Wilhelm Goldmann Verlag, München 1996.
Umschlaggestaltung: Design Team München
Umschlagillustration: Trilobyte, Inc.
Satz: deutsch-türkischer fotosatz, Berlin
Druck: Elsnerdruck, Berlin
Verlagsnummer: 43377
SN · Redaktion: Regina Winter
Herstellung: Heidrun Nawrot
Made in Germany
ISBN 3-442-43377-0

1 3 5 7 9 10 8 6 4 2

1

Nichts konnte die Kälte abhalten. Henry Stauf zog die Überreste seines Mantels fester um seine hageren Schultern. Der Wind schob ihn, drängte ihn, Schutz zu suchen. So eine Kälte, und es war noch nicht einmal Winter. Er konnte gar nicht mehr aufhören zu frösteln.

Er wünschte, er hätte die Knarre nicht weggeworfen. Er war so sicher, daß sie ihn wegen des Überfalls schnappen würden, nachdem ihm dieser fette Mistkerl von einem Verkäufer die Maske vom Gesicht gerissen hatte.

Also war er in Panik geraten und mit einer Faustvoll Geldscheinen geflüchtet, ohne sich um die drei Flaschen guten Scotch zu scheren, die er auf dem Tresen zurückließ. Er war in Panik geraten und hatte die Knarre weggeworfen.

Er hatte sie vorher schon oft benutzt. Hatte sie auf Leute gerichtet, hatte diese Leute damit gezwungen, ihm ihr Geld, ihren Schmuck oder was immer er haben wollte zu geben. Er hatte die Knarre nur einmal abgefeuert, und das war ein Unfall gewesen: Damals, als er diesem neunmalklugen Tankwart an der Tankstelle mit der Knarre vor dem Gesicht herumfuchteln wollte, um ihn einzuschüchtern. Dem Klugscheißer war sein feistes Grinsen vergangen, als die Kugel seine Schulter durchschlug.

In dem Laden war er in Panik geraten, weil er wieder die Knarre benutzen wollte. Als dieser Verkäufer ihm das Tuch herunterriß, das er sich vors Gesicht gebunden hatte, sah Stauf vor seinem geistigen Auge genau, was als nächstes geschehen würde. Er hatte die kalte Mündung seiner 44er gegen die Nase des Verkäufers gedrückt und den Abzug gezogen, nur einmal, so sanft wie ein Kuß. Er hatte sehen wollen, wie das Blut und die Knochensplitter des Verkäufers zu beiden Seiten über seine fetten Backen spritzten. Er hatte hören wollen, wie der Schrei des Verkäufers abrupt verstummte, wenn die Kugel ins Gehirn eindrang.

Wenn du einen umlegst, wanderst du lebenslänglich in den Knast.

Stauf hatte diese Worte gehört, als wäre eine leise Stimme in seinem Hinterkopf. Umlegen war was anderes als Stehlen. Stauf stahl, weil es ein Kinderspiel war, er stahl, weil er das Geld brauchte, er stahl, weil man ihn nie erwischt hatte. Und wenn sie ihn erwischten, konnten ihm die blöden Bullen in diesen Hinterwäldler-Nestern höchstens ein oder zwei Überfälle anhängen, und er wäre in zwei, drei Monaten wieder aus dem Knast raus. Aber zu Mord war er nicht bereit.

Also war er abgehauen und hatte die Knarre weggeworfen, während ihm durch den Sinn ging, daß er beim nächsten Mal, wenn er wieder in das feiste Gesicht irgendeines Kerls blickte, ganz sicher abdrücken würde.

Es war nicht das erste Mal, daß er diese leisen Stimmen gehört hatte. Es hatte ihn am Leben gehalten, auf diese Stimmen zu hören.

Zumindest bis jetzt. Jetzt saß er in einer kalten Herbstnacht am Rand eines gottverlassenen Nestes zwei Meilen diesseits von Nirgendwo fest. Er war zu nichts zu gebrauchen, wenn er nicht wenigstens ein oder zwei Drinks intus hatte. Und er konnte sich nicht erinnern, wann er das letzte Mal was Anständiges zu essen gehabt hatte. Er war marschiert, bis er keinen Schritt mehr weitergehen konnte. Dann war er umgefallen und hatte den Tag verschlafen.

Irgendwie hatte er es dann wieder geschafft, auf die Beine zu kommen. Er schaute zum klaren, kalten Nachthimmel auf. Die Sterne strahlten so hell, daß er den Blick abwenden mußte.

Er war auf jenem Flecken Brachland voller Unkraut und halb abgestorbener Bäume eingeschlafen, den die Einheimischen als Park bezeichneten. Wie zum Teufel hieß dieses Kaff überhaupt? Stauf konnte sich nicht erinnern. Im Moment konnte er eigentlich nur daran denken, daß der Wind ihm die Eingeweide gefror und wie gut sich eine Knarre in seiner Hand anfühlen würde.

Ohne Knarre konnte er niemanden überfallen. Er hatte keine Knarre. Vielleicht hatte er noch genügend Schmackes in seinen Fäusten, um was halbwegs Brauchbares zustande zu bringen, wenn er sich an jemanden anschlich. Und wenn er seine Hände dazu bringen konnte, mit dem Zittern aufzuhören.

Er vergrub die Hände in den Manteltaschen. Die Fingerknöchel seiner rechten Hand stießen gegen etwas.

Er mußte etwas in seine Tasche gesteckt haben, bevor er eingeschlafen war. Stauf versuchte, dieses Etwas mit zitternden Fingern herauszuholen, in der Hoffnung, daß es eine vergessene Flasche oder die letzten Bissen eines Sandwiches wären. Er hatte irgendwas in einem Lebensmittelgeschäft gestohlen, aber er konnte sich nicht erinnern, ob das Stunden oder Tage her war. Das Ding in seiner Tasche fühlte sich hart und kalt an, eher wie Holz denn wie Glas.

Endlich gelang es ihm, seine Finger darum zu schließen, es herauszuziehen und ins Licht der Sterne zu halten.

Es war ein Hammer.

Jetzt erinnerte er sich. Gegen Mittag war er an einer Baustelle vorbeigekommen. Die Bauarbeiter hatten alle auf der anderen Seite des Grundstücks gesessen und ihre Brote gefuttert. Einen kurzen Moment lang hatte er daran gedacht, sie um Essen anzubetteln. Aber die Cops mochten das nicht. Sie hatten Stauf schon einmal aufs Revier geschleift und ihn kräftig vermöbelt, nachdem er eine Frau um einen Dime angebettelt hatte. In ihrer Stadt war Betteln verboten. Stauf glaubte nicht, daß er es überleben würde, wenn sie ihn noch einmal in die Mangel nahmen.

Aber die Bauarbeiter, die alle gerade außer Sichtweite ihr Mittagessen verdrückten, hatten ihre Werkzeuge zurückgelassen. Vielleicht durfte Stauf nicht betteln, aber er konnte stehlen.

Dann sah er den Hammer – ein kleiner, der angenehm in seine Hand paßte. Die Stimmen hatten ihm gesagt, er solle ihn nehmen. Den Stimmen tat es leid, daß er seine Knarre weggeworfen hatte. Sie wollten, daß er wieder eine Waffe hatte.

Es fühlte sich gut an, etwas in der Hand zu haben.

Stauf hörte eine Frauenstimme. Diesmal außerhalb seines Kopfes. Sie sang: »Bringing in the sheaves, bringing in the sheaves, we will come rejoicing ...«

Eine Frau kam durch den Park geschlendert, vermutlich auf dem Heimweg von einer Chorprobe. Wollte wohl noch einen kleinen Spaziergang machen, in dieser schönen, klaren Nacht. Stauf zog sich vom Weg zurück und versteckte sich zwischen den Bäumen. Er holte mit dem Hammer aus. Der Hammer gab ihm Kraft. Die Stimme der Frau wurde lauter. Auf dem Heimweg von der Kirche. Leute trugen ihre besten Sachen, wenn sie zur Kirche gingen, besonders die Frauen, die ihren Schmuck vor den Gläubigen zur Schau stellten.

»... bringing in the sheaves.«

Sie würde direkt an ihm vorbeikommen.

Er würde warten, bis die Stimmen das Zeichen gaben.

»Bringing in the sheaves«, begann die Frau wieder von vorn und sang die Worte diesmal lauter, so als würde der Choral sie vor der Nacht beschützen.

Der Hammer in Staufs Hand fühlte sich warm an. Heute nacht würde diese Frau kein Choral der Welt beschützen.

Jetzt konnte er sie sehen: eine kleine Frau in einem langen schwarzen Mantel, die Handtasche fest unter den Arm geklemmt. Die harten Absätze ihrer Sohlen klapperten auf dem betonierten Weg und gaben ihrem Lied Rhythmus.

»... we will come rejoicing ...«
Jetzt!

Die Stimmen scheuchten ihn vorwärts, aus dem Schatten der Bäume heraus, den Hammer über dem Kopf erhoben. Er stürmte auf die Frau zu, zwang seine müden Beine zu einem stolpernden Trab. In seinen Ohren hallte sein eigener Herzschlag und sein Atem, so daß das Lied der Frau nur noch gedämpft zu ihm drang.

Sie drehte sich um und starrte ihn mit weit aufgerissenen Augen an.

Stauf hob den Hammer noch höher, bereit zum Zuschlagen.

Aber die Frau zeigte keine Angst.

»Oh«, flüsterte sie, »Sie armer Mann.«

Sie bemitleidete ihn. Die Art, wie er zitterte und kaum laufen konnte, seinen zerschlissenen Mantel und seine abgewetzte Hose. Sie bedauerte ihn.

Sie sah auf ihn herab.

Sie streckte eine Hand aus, als wolle sie ihm mit ihren Wurstfingern etwas geben. Ein kleines Almosen für den armen Stauf, ein paar Brotkrumen; er kann nicht für sich selbst sorgen. Gib ihm ein kleines Almosen, bevor du wieder auf ihm herumtrampelst. Sie sah aus, als würde sie gleich lächeln. Alle sahen lächelnd auf Stauf herab.

Stauf fühlte Zorn in sich aufsteigen.

Niemand würde je wieder auf ihn herabsehen.

Sein ganzer Zorn floß in den Hammer. Sein Arm war wie ein Blitz, der Hammer wie Donner.

Er schlug ihr auf den Kopf. Er konnte fühlen, wie ihr Schädel zersplitterte, während der Hammer in etwas Weiches darunter einsank.

Sie stöhnte vor Schmerz auf.

»Das ist nicht genug!« brüllte er sie an. Er mußte sie bestrafen, mußte sie alle bestrafen, weil sie auf ihn herabsahen, ihn auslachten, ihn verprügelten, ihn wie Abfall wegwarfen.

Er hob den Hammer über seinen Kopf und schlug noch einmal zu. Und noch einmal.

Er wollte ihr Mitleid nicht. Er wollte sie schreien hören.

Statt dessen sackte sie zu Boden. Fiel hin und blieb reglos liegen. Stauf stand einen Moment lang da und schaute zu, wie ihr Blut sich auf dem betonierten Weg ausbreitete.

Dann griff er sich ihre Handtasche und rannte weg.

2

Es lag keine Wärme in ihrem Lächeln. Ihre Worte waren höflich und ihre Gesichter freundlich, aber Edward Knox konnte ihnen nicht in die Augen sehen. Wenn er es nicht schon an ihrer Statur erkannt hätte, an den billigen Anzügen, die ihre muskelbepackten Körper nicht zu verbergen vermochten, dann hätte sie ihr leerer Blick verraten. Sie waren gekommen, um ihn in die Mangel zu nehmen. Und nichts, was Edward Knox sagte, würde das ändern.

Sie hatten ihn in der Küche erwartet, als er von der Arbeit nach Hause kam. Die Hintertür war offen. Knox vermutete, daß das Schloß aufgebrochen worden war. Irgendwie schien es nicht angebracht, den Schaden zu untersuchen, solange die beiden Männer noch hier waren.

Wenigstens war seine Frau nicht da. Vermutlich sollte er Gott dafür danken. Egal, was diese beiden vorhatten, vielleicht konnte er wenigstens seine geliebte Elinor noch eine Weile länger beschützen.

Die Männer hatten Knox befohlen, sich hinzusetzen, und er hielt es für besser, nicht mit ihnen zu streiten. Dann hatten sie ihm höflich und vielleicht ein wenig zu begierig erklärt, was passieren würde, wenn er nicht zahlte. Wenn er nicht zahlte? Er konnte nicht einmal ansatzweise genügend Geld zusammenkratzen. Wenn diese Männer das doch nur begreifen würden!

Er konnte die Verzweiflung in seiner eigenen Stimme hören, als er versuchte, mit ihnen zu handeln. »Aber wie soll ich bezahlen, wenn Sie mir die Hände brechen?«

Der etwas größere der beiden Männer, der sich als Bert vorgestellt hatte, schmunzelte. »Ich bin froh, daß Sie das fragen, Mr. Knox.« Er blickte zu seinem Kollegen, der kaum ein Wort herausbrachte und, da er sich nicht vorgestellt hatte, offenkundig auch keinen Namen hatte.

»Sehen Sie«, fuhr Bert fort, »Mr. Chester möchte, daß Sie die Grundsätze unseres Geschäfts verstehen. Ihnen die Hand zu brechen, mag für alle Beteiligten ausgesprochen unschön sein ...«

Er machte eine Pause, und sein namenloser Freund nickte traurig.

»... aber es könnte auch notwendig sein«, beendete Bert den Satz. Das Nicken seines Freundes wurde heftiger. »Ein derartiger Verlust, so unschön er auch sein mag, wird für unsere anderen Kunden eine deutliche Warnung darstellen. Sie persönlich mögen dann immer noch nicht zahlen können, aber die anderen werden es tun.«

»Ja«, pflichtete sein Freund bei. Der Enthusiasmus, der in diesem einzelnen Wort mitschwang, gefiel Knox überhaupt nicht.

Bert schlug Knox freundschaftlich auf die Schulter, als wären sie alte Kumpel. »He, Sie finden schon einen Weg zu bezahlen.« Nun war es an Bert, seinem namenlosen Freund zuzunicken. »Wenn nicht, brechen wir Ihnen die andere Hand. Und dann beide Beine.«

Das Grinsen des anderen wurde mit jedem Wort breiter. Knox erwartete halb, daß der vierschrötige Mann zu kichern anfing.

Im Vergleich dazu war Berts Lächeln ein Musterbeispiel der

Zurückhaltung. »Und wenn wir mit Ihnen fertig sind, dann fangen wir mit Ihrer Frau an.«

O nein. Sie konnten ihm selbst antun, was immer sie wollten, aber er durfte nicht zulassen, daß Elinor etwas zustieß. Knox wandte den Blick von den beiden Eintreibern ab, aus Angst, zuviel Gefühl zu zeigen.

»Mr. Knox, wenn Sie Geld von Mr. Chester leihen und es nicht pünktlich zurückzahlen, nun, dann kann daraus eine lebenslange Verpflichtung werden.« Bert seufzte. »Und wenn Sie an der Straßenecke stehen und Bleistifte verkaufen müssen, Sie werden das Geld auftreiben.«

Sein Freund öffnete den Mund, um ihm beizupflichten. »Uns wird es noch sehr lange geben.«

Es schien alles so unwirklich. Knox hatte seiner Frau immer die schönsten Dinge geschenkt, die er sich leisten konnte. Und manchmal, wie er gestehen mußte, auch Dinge, die er sich nicht ganz leisten konnte. Vielleicht hatte er in der letzten Zeit ob der Empfindsamkeit seiner Frau und all der kleinen Wehwehchen, die sie beide mit dem Älterwerden zu befallen schienen, ein bißchen zuviel für ihr Glück ausgegeben. Jedenfalls hatte er plötzlich vor einem Schuldenberg gestanden.

Er hatte versucht, das Geld irgendwo aufzutreiben. Aber nicht ein einziges Pferd war als Sieger durchs Ziel gegangen. Und das Geld, das er sich vom Lohnkonto der Firma geborgt hatte, konnte morgen schon vermißt werden. Knox hatte nicht einmal daran denken wollen, was geschehen würde, wenn man den Fehlbetrag entdeckte.

Ihm war nichts weiter übriggeblieben, als ein kurzfristiges Darlehen aufzunehmen. Die Typen in der Flüsterkneipe hatten ihm von Mr. Chester erzählt. Seine Zinsen waren etwas hoch, aber dafür stellte er keine Fragen. Das kam Knox gut zupaß. Er könnte das Geld wieder auf das Lohnkonto einzahlen, ohne große Umstände, und seine Pechsträhne würde bestimmt bald vorbei sein.

Aber seine finanzielle Lage hatte sich nicht gebessert. Die Pferde waren immer noch genauso langsam. Und er wagte nicht, noch einmal an die Firmenkonten zu gehen.

Knox hatte gehört, daß diese Herren recht beharrlich sein konnten, wenn es um die Rückzahlung ging. Aber er hatte sich nicht in seinen kühnsten Träumen vorgestellt, daß es so werden würde.

Der zumeist stille Partner streckte die Hand nach Knox aus. Seine Finger knackten, als hätten sie Hunger auf Knox' Hand.

»Geben Sie mir noch ein paar Stunden«, hörte Knox sich sagen.

Bert schüttelte nur den Kopf. »Mr. Knox, Sie sind ein netter alter Mann, aber wir haben schon zuviel Zeit mit Ihnen vergeudet. Wir geraten mit unseren anderweitigen Verpflichtungen in Rückstand.«

Anderweitige Verpflichtungen? Knox fragte sich, wie viele Hände sie an einem durchschnittlichen Tag brachen.

»Wir brauchen einen Grund«, fügte der namenlose Freund hinzu, die Hand nicht einmal fünf Zentimeter davon entfernt, sich um Knox' Handgelenk zu schließen. »Oder wir machen es jetzt.«

Einen Grund? Knox fühlte, wie Panik in ihm aufstieg. Ihm wollte nicht einmal der Grund einfallen, weshalb er hier war, oder der Grund dafür, warum diese Männer ihm die Hände brechen wollten. Was war der Grund für das alles?

Er zog seine Hände zurück, preßte sie fest an sein Jackett.

Er spürte den Umschlag in seiner Tasche.

»O ja.« Eilig zog er die Einladung heraus. »Das hier wird mir das Geld verschaffen. Geben Sie mir nur noch ein paar Stunden.«

Er öffnete den Umschlag und hielt Bert den Einschreibebrief hin, den er vorhin im Büro bekommen hatte.

»Vielleicht könnten wir ihm wenigstens einen Finger brechen«, schlug der namenlose Freund voller Hoffnung vor.

»Mit einem gebrochenen Finger kann man immer noch so gut wie alles machen.«

Aber Bert nahm den Brief, faltete ihn auf und überflog ihn mit einem einzigen Blick. Dann stieß er einen leisen Pfiff aus. »Der reichste Mann der Stadt, ja?«

Nun war es an Knox zu nicken, und sein Kopf bewegte sich so schnell rauf und runter, daß ihm beinahe schwindelig wurde. »Ja, der alte Mr. Stauf. Er hat keine Verwendung für sein Geld, jetzt, wo sein Spielzeuggeschäft geschlossen ist. Und wie Sie sehen können, hält er große Stücke auf mich.«

Bert runzelte die Stirn. Der andere Mann blickte Bert an, als warte er auf ein Zeichen, daß es Zeit war, irgendwas zu brechen.

»Er hört nicht nur auf meinen Rat!« fügte Knox eilig hinzu. »Mr. Stauf ist sehr interessiert an meinen Plänen. Sehr interessiert ... und sehr reich.«

Die Furchen auf Berts Stirn vertieften sich, als bereitete es ihm Kopfschmerzen, eine solche Entscheidung zu treffen. »Nun, vielleicht kann Mr. Chester Ihnen doch noch etwas Zeit geben.«

»Es ist uns sehr daran gelegen, daß unsere Kunden zufrieden sind«, fügte der andere Mann hinzu. Aber er starrte weiter auf Knox' Hände.

Knox nickte immer noch. Vielleicht würde Stauf ihm ein Darlehen gewähren. Wenn nicht, dann war das Haus voll von Antiquitäten, wie er gehört hatte. Vielleicht würde es ihm gelingen, sich eine oder zwei davon zu leihen.

Er bot an, die beiden Männer zur Tür zu bringen.

»Nein, danke«, erwiderte Bert. »Wir wissen ja, wo sie ist.«

»Wir werden wiederkommen, Mr. Knox«, fügte sein Freund hinzu. »Gleich nach der Party.«

Mit diesen Worten waren sie verschwunden. Knox umklammerte die Einladung und den kurzen persönlichen Brief, der sie begleitet hatte, als wäre es das einzige auf der

Welt, das ihm vielleicht seine Gesundheit und sein Leben retten könnte ... was ja auch zutraf.

Er saß noch immer am Küchentisch, als seine Frau eine halbe Stunde später nach Hause kam, mit einer Geschichte, daß sie eine Nachricht von ihrem Onkel Phil erhalten habe, der sich mit ihr im Drugstore in der Stadt treffen wolle. Knox hatte Elinor immer gedrängt, nett zu Onkel Phil zu sein. Er war der einzige Verwandte mit Geld.

Nur, daß ihr Onkel diese Nachricht gar nicht geschickt hatte. Er war nicht im Drugstore gewesen, und als Elinor bei ihm zu Hause angerufen hatte, hatte die Köchin erklärt, daß er verreist sei.

Knox vermutete, daß dieses kleine Täuschungsmanöver ein Geschenk von Bert und seinem Freund gewesen war, um Elinor aus dem Weg zu haben. Er war froh, daß sie ihr zumindest diese Unannehmlichkeit erspart hatten.

Aber er konnte nicht zulassen, daß seine Frau sah, wie aufgeregt er war. Sie war so abhängig von ihm. Er blickte auf die Einladung, die er noch immer in der Hand hielt.

»Liebes«, begann er und schenkte ihr sein schönstes Lächeln. »Es ist heute etwas passiert, etwas, das vielleicht sehr einträglich sein könnte, wie ich denke.«

Er reichte ihr die Einladung.

Sie schrie auf, als sie den Umschlag berührte, und schleuderte ihn zu Boden, als hätte sie sich die Hand daran verbrannt.

Knox sprang auf und stürzte zu ihr.

»Liebes?« fragte er.

»O Edward. Ich weiß nicht.« Sie starrte auf den Umschlag. »Da war irgendwas ... es muß damit zusammenhängen, wo dieser Brief gewesen ist, wer das Papier angefaßt hat ...« Sie hielt inne, als hätte jenes spirituelle Echo ihr die Worte geraubt.

Knox nahm sie in die Arme, und sie fing an zu weinen. Elinor war eine so sensible Frau. Dieser Tag, diese falsche Verabredung mußten sehr anstrengend für sie gewesen sein. Sie hatte eine ihrer »Anwandlungen«, wie sie es nannte. Sie wurde dann immer sehr emotional. Knox hatte es nie ganz verstanden.

Er sah zu dem weißen Umschlag hin, der auf dem Küchenfußboden lag. Es war nur eine Einladung. Seine Frau hatte einen sehr anstrengenden Tag gehabt. Was konnte sie schon gespürt haben, beim bloßen Berühren eines Umschlags?

Edward Knox seufzte. Es war ein sehr anstrengender Tag gewesen. Das mußte die Erklärung für Elinors Verhalten sein.

3

Stauf stolperte eilig durch den Park. Er hatte keine Ahnung, wo er hinsollte, er wußte nur, daß er schnellstens verschwinden mußte.

Der Boden saugte sich an seinen Schuhsohlen fest. Die trockene Erde hatte sich mit einem Schlag in Matsch verwandelt. Stauf kam taumelnd zum Stehen und schaute sich an, wohin seine Füße ihn geführt hatten. Er war in den Sumpf neben dem See geraten, der sich am Ortsrand erstreckte.

Die kalte Luft fühlte sich in seiner Lunge wie Eis an. Er konnte noch immer nicht genug davon bekommen und sog sie gierig ein. Jetzt, wo er stehengeblieben war, glaubte er nicht, seine Füße je wieder in Bewegung zwingen zu können. Er starrte seine Hände an. Eine hielt die Handtasche, die andere den blutigen Hammer.

Er sah abermals zum See. Vielleicht hatten die Stimmen ihn hierhergebracht. In diesem Teil des Sees war das Wasser abgestanden, voller Wasserpflanzen und abgestorbener Blätter. Niemand würde hier nach einem Hammer suchen.

Er schwankte, als er mit dem Hammer ausholte, als wäre das Wegwerfen des blutigen Werkzeugs zuviel für sein Gleichgewicht. Er ließ den Hammer trotzdem los. Er wankte, schaffte es aber irgendwie, sich auf den Beinen zu halten. Das Werkzeug durchschlug mit einem befriedigenden Klatschen die Wasseroberfläche und versank.

Stauf öffnete die Handtasche. Es war nicht viel drin; Papiertaschentücher, ein Kamm, ein kleiner Kosmetikspiegel. Sie alle folgten dem Hammer in den See. Stauf holte ein kleines Portemonnaie heraus, die Art, die von einem metallenen Bügel zusammengehalten wird. Er schnappte den Bügel auf und zerrte den Inhalt heraus – sechs sauber gefaltete Eindollarnoten.

Das war beileibe nicht das, worauf er gehofft hatte. Die Frau hatte einen guten Stoffmantel getragen. Sie war wohlfrisiert gewesen, und ihre Schuhe hatten neu ausgesehen. Das hier reichte kaum für zwei Drinks. Und dafür hatte er jemanden umgebracht?

Er hatte jemanden umgebracht. Stauf atmete tief durch. Endlich war genug Luft in seiner Lunge. Er hatte jemanden umgebracht, und die Nacht war noch immer eisig kalt und still. Keine Schreie, keine Rufe, keine Sirenen, keine Hunde. Niemand schien sich darum zu scheren, wo Stauf war oder was er getan hatte. Vielleicht spielte der Mord überhaupt keine Rolle.

Er hatte jemanden umgebracht, und es hatte sich eigentlich gar nicht schlecht angefühlt.

Die Stimmen hatten ihn diesmal nicht davon abgehalten. Ob er eine Knarre hatte oder einen Hammer oder seine bloßen Hände – vielleicht war er zum Töten bestimmt. Vielleicht hatten die Stimmen nur gewollt, daß er wartete, bis es soweit war. Vielleicht sagten sie ihm jetzt, daß er über dem Gesetz stand.

Oder vielleicht brauchte er nur einen Drink.

Stauf stopfte das Geld in seine Manteltasche. Die Aussicht auf Hochprozentiges brachte seine Füße wieder in Bewegung. Er wandte sich nach links und folgte dem Seeufer, bis er an eine Straße kam. Dort hielt er sich wieder links, auf die Stadt zu, in der Hoffnung, daß es bis zur nächsten Kneipe nicht allzu weit war.

Er steckte die Hand in die Tasche, um die knisternden Eindollarscheine zu berühren. Ihm gefiel, wie Geld sich anfühlte, und er wollte eine Menge davon um sich haben. Er fühlte sich schon besser, wenn er nur seine Hände an die Geldscheine legte.

Es war so leicht gegangen und so schnell, dort hinten im Park. Und es war ein so befriedigendes Gefühl gewesen, der Frau den Schädel einzuschlagen.

»He!« rief eine Stimme, eine menschliche Stimme, beinahe direkt neben seinem Ohr. »Du da!«

Stauf sprang von der Straße zurück und drehte sich in einem Tempo zu der Stimme um, das er sich selbst nicht zugetraut hätte. Er war so versunken gewesen in das, was er getan hatte, daß er gar nicht gehört hatte, wie neben ihm ein Streifenwagen anhielt.

Der Cop in dem Streifenwagen hatte seine Waffe direkt auf Staufs Kopf gerichtet.

»Du willst doch wohl nicht stiften gehen, oder?« sagte der Cop und winkte mit dem Revolver.

Stauf schüttelte den Kopf und rang abermals nach Luft. Als der Cop gebrüllt hatte, wäre ihm fast das Herz stehengeblieben.

Die Waffe immer noch auf Stauf gerichtet, stieg der Cop aus dem Wagen und öffnete die hintere Tür. Er winkte Stauf auf den Rücksitz.

»Du bist Henry Stauf«, sagte der Cop – eine Feststellung, keine Frage. »Zwei der Jungs kennen dich noch von deinem letzten Besuch auf dem Revier. Wir kennen gern jeden Fremden, der durch die Stadt kommt.« Der Cop lächelte. »Wir passen auf, daß sie unsere Gastfreundschaft nicht über Gebühr beanspruchen.«

Stauf stieg in den Wagen. Seine Rippen schmerzten noch vom letzten Zusammentreffen mit der Polizei, vor einigen Tagen, als ihn die Cops wegen Bettelns in die Mangel genommen hatten. Er wollte sich lieber gar nicht erst ausmalen, was sie bei Mord mit ihm machen würden.

Der Polizist schlug die Tür hinter ihm zu und setzte sich wieder hinters Steuer. Sie fuhren schweigend zurück in die Stadt.

Auch in Staufs Kopf herrschte Schweigen. Die Stimmen hatten in der letzten Zeit immer öfter zu ihm gesprochen, manchmal zwei- oder dreimal am Tag. Wo waren sie, wenn er sie wirklich brauchte?

Der Streifenwagen kam mit einer scharfen Bremsung vor dem Revier zum Stehen. Stauf wurde vom Rücksitz gezerrt und eilig die Stufen hinaufgeschleift. Er erwartete, wieder in eine der Zellen gebracht zu werden, wie beim letzten Mal. Irgendwohin, wo es ruhig war, wo niemand hören würde, was vor sich ging.

Statt dessen wurde er in die Ecke eines großen Raumes voller Schreibtische und Menschen – etwa die Hälfte davon in Uniform – geschubst. Der Cop, der ihn hergebracht hatte, brüllte ihm zu, sich ja nicht von der Stelle zu rühren, dann wandte er sich an einen dicken Sergeant an einem großen Eichenschreibtisch.

»Ich hab ihn«, erklärte der Cop mit einem selbstzufriedenen Nicken. »Den Kerl, der Sweenys Lebensmittelladen ausgeraubt hat.«

Bei diesen Worten blickte Stauf auf. Sie nahmen ihn wegen der Sache in dem Lebensmittelladen fest? Das war ja lächerlich. Er hatte sich ein Brot und etwas Dörrfleisch gegriffen und war dann hinausgestolpert, bevor der Besitzer seinen fetten Hintern hinter dem Tresen herausbewegt hatte. Das war vor einigen Tagen gewesen; Stauf hatte es schon beinahe vergessen.

Der Sergeant schnitt eine Grimasse in Staufs Richtung. Stauf wandte den Blick von den beiden Cops ab. Er wollte ihnen nicht zeigen, wie erleichtert er war.

»Wir haben den Kerl doch schon mal gesehen, oder?« fragte der Sergeant. »Hören Sie, O'Malley, wir haben hier was Ernsteres. Einen Mord.«

Die Hoffnung, die sich in Staufs Brust geregt hatte, gefror und starb. Er erinnerte sich daran, wie die Cops ihn beim letzten Mal mit ihren Schlagstöcken bearbeitet hatten. Die prügelten auf einen ein, bis man einfach alles gestand. Wenn sie ihn erst einmal wieder in dieser stillen Zelle hatten, würden sie mit dem Lebensmittelladen anfangen und sich dann zu Mord hocharbeiten.

»Greta Schultz«, fuhr der Sergeant fort. »Auf dem Heimweg von der Chorprobe, im Park.«

Stauf sah gegen seinen Willen wieder zu den Cops hin.

»Mrs. Schultz?« fragte O'Malley, und seine Stimme hob sich ungläubig. »Von St. Luke?« Stauf wurde klar, daß sie in einer Kleinstadt wie dieser jeden kannten, der zur Chorprobe ging. In einer Kleinstadt wie dieser wußten sie alles über jeden.

»Sie würde keiner Fliege ...« stammelte O'Malley. »Wer würde ...« Er drehte sich wieder zu Stauf um.

Stauf konnte den Blick immer noch nicht abwenden. O'Malley wußte Bescheid.

»Es wäre leicht, den Mord diesem Kerl anzuhängen«, pflichtete der Sergeant bei. »Nur, daß er nicht der einzige Landstreicher ist, den wir hier in der Stadt haben. Als Townsend die Leiche entdeckte, hat er auch einen Knilch entdeckt, der gerade Mrs. Schultz' Mantel stehlen wollte.«

»Mein Gott, er hat sie wegen eines Mantels umgebracht?«

O'Malley stützte sich auf den Schreibtisch des Sergeants. »Mrs. Schultz, ja? Haben wir den Kerl?«

Der Sergeant nickte.

»Wenn wir ihn verhören, will ich auch mal ran.«

Der Sergeant zeigte grinsend die Zähne. »Jeder hier im Revier wird da hinten in der Zelle dabeisein wollen.«

O'Malley schlug mit der Faust auf den Schreibtisch. Er drehte sich wieder zu Stauf um. »Nun, dann wollen wir diesem Brotdieb mal ein Zimmerchen besorgen, bevor wir uns der richtigen Arbeit zuwenden.«

Der Sergeant befahl Stauf, seine Taschen zu leeren. Das einzige, was er bei sich hatte, waren sechs gefaltete Eindollarnoten.

O'Malley starrte verblüfft auf die Geldscheine. »Dieser Penner hat tatsächlich Geld?«

»Äh ...« sagte Stauf hastig, und die Worte kamen ihm in den Sinn, als würde jemand anders sie sprechen. »Ich hab ein paar Gelegenheitsarbeiten erledigt.«

O'Malley lachte. »Arbeiten? Du?«

Stauf nickte, ließ die Worte einfach fließen. »Ich kann noch immer einen Hammer schwingen.«

Der Sergeant schnaubte verächtlich. »Vielleicht reicht das Geld für die Sachen, die du geklaut hast. Dann wird der Richter nachsichtig mit dir sein.«

Stauf mußte unwillkürlich lächeln.

»Wir werden noch sehen, ob dir immer noch nach Lächeln zumute ist, wenn du ein paar Tage hinter schwedischen Gardinen verbracht hast«, bemerkte O'Malley, während er Stauf auf die Füße zerrte. »Komm jetzt. Laß uns hier verschwinden. Ich hab noch was Wichtiges vor.«

Sie gaben ihm eine Zelle, die weit ab von dem Raum lag, in dem er letztes Mal verhört worden war. Während er einschlief, konnte er gedämpftes Klatschen und gelegentliche Schreie hören.

Er versuchte, es sich auf der Holzbank, die als Bett diente, bequem zu machen. Die Sache am anderen Ende des Gangs ging ihn nichts an. Er wußte, daß er zu Höherem bestimmt war.

In jener Nacht, in seinen Träumen, verwandelten sich die entfernten Schreie in Stimmen, und die Stimmen sangen für ihn in seiner Zelle.

4

Als Brian Dutton aufwachte, saß er schon auf der Bettkante, als wolle er gleich aufspringen und weglaufen.

Egal wie oft er diesen Traum hatte, es wurde nicht leichter. Er wachte jedesmal röchelnd auf, und sein Herz hämmerte, als wäre er gerade eine Meile gelaufen. Das Bettzeug war zerwühlt und schweißgetränkt. Schon komisch, daß er so stark schwitzte, wo doch der Traum so kalt war.

Der Traum hatte ihn immer noch im Griff. Brian sah das Gesicht, das sich gegen das Eis preßte, das Gesicht seines Bruders Kevin. Und in Kevins Miene, jenem Ausdruck trauriger Resignation um den Mund und die Augen, konnte Brian deutlich lesen, daß sein Bruder wußte, daß er tot war.

Brian warf die Bettdecke von sich und stieg aus dem Bett. Er mußte sich bewegen, vielleicht einen Schluck Wasser trinken, dem Bild von Kevin Gelegenheit geben, aus seinem Kopf zu verschwinden.

Als ob Kevin ihn je loslassen würde.

Brian hatte es nie mit Kevin aufnehmen können. Sein älterer Bruder war ein besserer Sportler und ein besserer Schüler gewesen. Die Mädchen umschwärmten ihn, die Nachbarn lachten über seine Witze, die Hunde wollten seine Freunde fürs Leben sein. Er war auch der Liebling ihrer Eltern, ein Jahr älter und eine Stufe besser als sein Bruder. Das war der Lauf der Welt, und Brian mußte es akzeptieren.

Zumindest tat er das bis zu jenem Tag draußen auf dem Eis. Es hatte für die Brüder Dutton alles ziemlich normal angefangen. Brian hatte genug Mühe damit, sich auf den Schlittschuhen zu halten, aber Kevins Schlittschuhe funktionierten wie Verlängerungen seiner Beine. Wenn er erst einmal in Schwung war, war er schneller als der Wind.

Brian gab sein Bestes, sich aufrecht zu halten und blieb immer nahe am Ufer des Teichs, in der Hoffnung, daß eine Schneewehe seinen nächsten Sturz abfangen würde. Kevin glitt gekonnt zur Mitte des Teichs, fuhr große Kreise und Achten. Brian hätte schwören mögen, daß sein Bruder als nächstes Figuren laufen würde, die noch gar nicht erfunden waren.

Vielleicht hätten sie an diesem Tag nicht Schlittschuhlaufen gehen sollen. Obgleich es noch immer Januar war, war es schon den zweiten Tag in Folge für die Jahreszeit zu warm. Einer dieser Wärme-Einbrüche mitten im Winter, für die der Bundesstaat New York berüchtigt war, ein höhnischer Vorgeschmack auf den Frühling, bevor alles wieder für zwei weitere Monate in Winter versank.

Aber an einem solchen Tag mußte man einfach raus, mußte man sich bewegen. Der Schnee war zu tief und verharscht, also blieb den beiden Brüdern nur das Schlittschuhlaufen.

Kevin und Brian waren früh aufgestanden und zum See am Ortsrand gegangen, bevor die meisten ihrer Freunde sich überhaupt an den Frühstückstisch setzten. An jenem Morgen waren sie die einzigen Menschen am Seeufer. Die Sonne, die über den Bergen aufging, färbte den Himmel blutrot.

»Komm schon, Brian!« rief Kevin, schon gut zwanzig Meter voraus.

»Ich komme!« hatte Brian zurückgebrüllt, obgleich er die relative Sicherheit des Ufers nicht verlassen wollte. Er wünschte, er besäße das Selbstvertrauen, einfach über das Eis zu zischen. Er wünschte sich, nur ein einziges Mal bei irgend etwas besser als sein Bruder zu sein.

Und dann schrie Kevin plötzlich. Brian konnte das Eis unter den Schlittschuhen seines Bruders knacken hören. Das Tauwetter hatte das Eis dünn und brüchig werden lassen, und nun konnte es Kevins Gewicht nicht mehr tragen.

Kevin schrie um Hilfe und ruderte mit den Armen, während das Eis aufbrach und er versank. Er griff nach einer Eiskante, aber sie zerbröckelte in seinen Händen.

Brian lief so schnell er konnte zu seinem Bruder. Aber es war nicht schnell genug. Und wie sollte er nah genug herankommen, um irgend etwas für Kevin zu tun, ohne, daß das Eis unter ihm brach? Es würde keinem von ihnen helfen, wenn Brian auch noch ins Wasser fiel.

»Brian!« brüllte Kevin. »Tu was ... ich kann mich nicht ... es ist so kalt ...«

Aber Brian blieb stehen, und ein einzelner Gedanke nahm sein ganzes Bewußtsein ein.

Kevin würde nie wieder besser sein als Brian, wenn Kevin tot war.

Brian schüttelte sich. Er hatte keine Zeit für solchen Unsinn. Er sah zurück zum Ufer. Vielleicht konnte er einen Ast oder so etwas finden und so seinen Bruder erreichen, um ihn aus dem Wasser auf das dickere Eis näher am Ufer zu ziehen.

Aber er konnte Kevins Schreie nicht mehr hören. Er drehte sich wieder zum See um, gerade rechtzeitig, um zu sehen, wie die gespreizte Hand seines Bruders unter der Oberfläche versank.

Und dann lief Brian zu seinem Bruder, glitt schneller dahin, als er je für möglich gehalten hätte. Er rief Kevins Namen, aber es kam keine Antwort. Brian blieb stehen, etwa zwei Meter vom Rand des Lochs entfernt. Dort, eingekeilt zwischen zwei Eisschollen, war der braune Parka seines Bruders. Und direkt darunter, gegen ein Stück durchsichtiges Eis gepreßt, starrte ihn das Gesicht seines Bruders an.

Kevin war tot. Aber Kevin war noch immer bei ihm. Kevin kam immer wieder zurück, um Brian in seinen Träumen heimzusuchen.

Möglicherweise hätte er seinen Bruder retten können, wenn er nicht stehengeblieben wäre – das hatte Brian wohl hundert-, vielleicht tausendmal gedacht. Aber in anderen Momenten wußte er, daß der Augenblick, den er gezögert hatte, nicht nur sein Leben gerettet, sondern seinem Leben auch eine völlig neue Richtung gegeben hatte.

Seine Eltern konnten nicht vergessen, was passiert war – und sie ließen es auch Brian nicht vergessen. »Wenn Kevin doch nur noch leben würde«, sagten sie. Und jetzt wurde Brian in die Mannschaft aufgenommen, ging mit den Mädchen aus, bekam das Geld, um aufs College zu gehen. Jetzt, wo die Hoffnung der Familie tot war, mußten alle Brian ein wenig mehr Aufmerksamkeit schenken.

Im Lauf der Zeit hatte Brian erkannt, daß sein Bruder ihm eine wertvolle Lektion erteilt hatte. Manchmal mußte man im Leben skrupellos sein und an sich selbst denken. Wenn die anderen erst tot sind, dachte er bei sich, werden sie niemals besser sein als ich.

Nicht, daß er ein Mörder war. Aber in der Geschäftswelt gab es mehr als einen Weg, seine Gegner zu erledigen. Brian hatte es geschafft, sich eine nette kleine Fabrik aufzubauen, indem er die Konkurrenz unterbot. Vielleicht waren seine Waren nicht ganz so gut wie die anderen Marken, aber wenn er sie lange genug billig genug verkaufte, würden die anderen Marken verschwinden. Genau wie sein Bruder.

Brian hatte gelernt, ein Gewinner zu sein, komme, was wolle. Kevin war einmal der Liebling aller gewesen, aber jetzt gab es Kevin nicht mehr. Brian war ein Glückspilz.

Zumindest sagte er sich das. Aber sein geschäftlicher Erfolg war zu gering für diese lange Zeit – eine einzige kleine Fabrik in einer einzigen kleinen Stadt. Die Hälfte seiner großen Projekte platzten; die anderen brachten so gut wie nichts ein. Er schuftete und schuftete und konnte sich doch kaum über Wasser halten.

Der einzige wirklich erfolgreiche Mann in ihrer Stadt war Henry Stauf. Alle wollten seine Spielzeuge haben. Die Nachfrage schien kein Ende zu nehmen.

Und dann hatte Stauf einfach aufgehört sie herzustellen.

War der Mann verrückt? Wenn Stauf es leid war, Spielzeug zu produzieren, dann sollte er jemand anderen übernehmen lassen – jemanden wie Brian Dutton. Er konnte für Staufs Spielzeuge dieselbe Fließbandproduktion einführen wie für all seine anderen Produkte. Die Sachen mochten dann nicht mehr so individuell sein, aber Brain könnte neue Fabriken aufmachen, um die Nachfrage zu befriedigen.

Davon sollte er träumen, und nicht von seinem toten Bruder. Wenn Kevin ihn doch nur in Ruhe ließe!

Manchmal fragte er sich, ob sein Bruder darauf wartete, daß Brian zu ihm kam, daß es vielleicht auch für Brian Zeit zu sterben war. Nur, daß sein Bruder ihn auch hier bereits übertroffen hatte. Kevin war auf weit spektakulärere Art gestorben, als Brian es je könnte.

Genug von seinem Bruder! Brian ging ins angrenzende Zimmer und sah den Brief an, der auf dem Eßzimmertisch lag. Stauf würde ihm nicht ohne Grund eine Einladung schicken.

Brian war der Gewinner. Brian war der Glückspilz. Stauf war ein reicher Mann. Stauf mußte etwas mit seinen ganzen Zaster machen.

Brian hatte einmal für Kevin übernommen. Vielleicht würde er jetzt für Stauf übernehmen.

5

Eine Woche später ließen sie Stauf aus dem Knast.

Seine Verhandlung war kurz und schmerzlos gewesen. Stauf hatte auf schuldig plädiert und erklärt, er habe die Unrechtmäßigkeit seines Tuns erkannt. Das hatten ihm die Stimmen aufgetragen. Es war kurz, es war knapp, und es schien dem Richter sehr zu gefallen.

Der Richter – ein alter Mann, der Mühe hatte, der Beweisaufnahme zu folgen – ordnete an, daß der Lebensmittelhändler die sechs Dollar bekommen sollte, die Stauf bei sich hatte. »Entschädigung für gestohlene Waren«, nannte der Richter es. Seine Ehren hatte Stauf eine Woche Knast aufgebrummt und das Urteil mit einem lauten Aufschlagen seines Hammers unterstrichen. Der alte Mann hatte über den Rand seiner dicken Brille gespäht und Stauf erklärt, daß er nach seiner Entlassung zwei Möglichkeiten habe: Sich einen Job zu suchen oder die Stadt zu verlassen. Der Richter sagte, er wisse sehr wohl, daß die Zeiten hart seien, aber wenn Stauf sich wieder auf krumme Sachen einließe, würden die Zeiten noch härter werden.

Stauf hatte zu Boden gestarrt und genickt. Es war wichtig, sich demütig zu zeigen. Die Stimmen hatten ihm das ausdrücklich gesagt. Er mußte ein Musterhäftling sein und so wenig Zeit wie möglich im Knast verbringen. Er mußte frei sein, um mit der wirklichen Arbeit zu beginnen.

Stauf fragte sich, wie diese wirkliche Arbeit aussehen mochte. Nicht, daß es eine Rolle spielte. Er war so lange allein gewesen, daß die Stimmen ein wahrer Trost waren. Er würde alles tun, damit sie blieben.

Also hatte er seine Strafe ruhig abgesessen. Es gab schlimmere Orte, an denen man kalte Herbstnächte verbringen konnte. Und er mußte sich nicht einmal Sorgen wegen der Sache mit dieser Chorsängerin machen. Das würde nie vor Gericht kommen. Nach zweitägigem Verhör hatte sich der andere Landstreicher in seiner Zelle erhängt. Zumindest lautete so die Erklärung der Polizei. Fall abgeschlossen.

Dann war die Woche vorbei, und Stauf war frei.

Nach der Verhandlung hatten die Stimmen geschwiegen und ihm vier Tage Einsamkeit hinter Gittern gegeben. Ein- oder zweimal, während er allein in seiner Zelle saß, hatte er sich gefragt, ob er sie überhaupt gehört hatte. Aber nein, er war sicher, daß sie wiederkommen würden, wenn er sie brauchte.

Jetzt, wo er statt der Wände einer Zelle wieder die Sonne sah, erwartete er jeden Moment, sie zu hören. Aber die einzigen Geräusche kamen von außerhalb seines Kopfes, alltägliche Geräusche wie Vögel und Hunde und Autos. Es war überraschend warm draußen, ein Altweibersommer-Tag, und Stauf stand der Sinn nach einem Spaziergang.

Nach einer Weile wurde ihm bewußt, daß er sehr zielstrebig durch die Stadt ging. Er bog nach rechts ab, marschierte einen Block, dann bog er links ab. Vielleicht sagten ihm die Stimmen doch, was er tun sollte, überlegte er. Seine Füße führten ihn irgendwohin.

Er bog ein weiteres Mal ab und stand unvermittelt vor der Baustelle, wo er sich den Hammer besorgt hatte. Es war Vormittag, und die Bauarbeiter wimmelten auf dem halbfertigen Haus herum, hämmerten und riefen und machten allen möglichen Lärm.

War er hier, um sich einen weiteren Hammer zu besorgen?

Irgendwie schien das nicht so zu sein. Ein Maurer starrte Stauf an, als hätte er hier nichts zu suchen. Stauf schlenderte von dem argwöhnischen Arbeiter weg, den Pfad hinunter, der an der Seite der Baustelle entlangführte.

Er fragte sich, ob er erst einmal weggehen und später wiederkommen sollte, so wie letztes Mal, wenn die Arbeiter mit ihrem Mittagessen beschäftigt waren. Mit etwas Glück konnte er sich dann ein Werkzeug aussuchen. Aber seine Füße wollten einfach nicht stehenbleiben. Er mußte weitergehen.

Etwas glitzerte auf dem Weg vor ihm, funkelte im Sonnenlicht wie ein Edelstein. Das war der Grund, weshalb er hierhergekommen war. Stauf wußte es in dem Moment, wo er das Glitzern bemerkte.

Er sah sich scheinbar lässig nach beiden Seiten um. Im Moment waren an diesem Ende der Baustelle keine Arbeiter, aber Stauf wollte keine unnötige Aufmerksamkeit auf sich ziehen. Er hielt seine Schritte ruhig, so liebend gern er auch gerannt wäre.

Schließlich blieb er stehen, und seine Füße berührten beinahe seinen Schatz. Dort im Gras neben dem neu betonierten Gehweg lag ein Messer. Die metallene Klinge blitzte in der Sonne.

Ein Messer. So viel besser als ein Hammer. Deshalb war Stauf hierhergeführt worden. Die Stimmen hatten es gewußt.

Er bückte sich und hob es auf. Der Griff paßte haargenau in seine Hand, als wäre er eigens für Stauf gemacht. Die Klinge war kurz, aber sehr scharf. Ein ganz ausgezeichnetes Werkzeug.

Er erhob sich, und seine Füße setzten sich wieder in Bewegung.

Es schien unausweichlich, daß seine Schritte ihn wieder in den Park führten. Wohin sollte er sonst gehen?

Er kam an jene Stelle im Park, wo er die singende Frau getroffen und ihr den Hammer über den Schädel gezogen hatte. Er erinnerte sich an alles, als wäre es gerade erst geschehen: Der Ausdruck auf ihrem Gesicht, das Ausholen seines Armes, das Gefühl, als Metall auf Knochen traf. Und alles, alles für die Stimmen. Einen Augenblick lang wünschte er sich, er könnte es noch einmal tun.

Es war ganz leicht gewesen, die genaue Stelle wiederzufinden. Auf dem Gehweg war noch immer der purpurne Fleck zu erkennen, wo der Kopf der Frau auf den Beton aufgeschlagen war. Stauf konnte sich erinnern, wie er von oben auf die reglose Gestalt geschaut hatte – das Blut hatte ihren Kopf eingerahmt wie ein dunkler Heiligenschein.

Stauf blickte zum blauen Himmel auf und lauschte den Geräuschen im Park, Geräusche, die nun lauter als zuvor waren. Es schien, als machten alle Vögel und Hunde und kreischenden Kinder soviel Lärm wie sie konnten, als würde das vielleicht den Sommer überzeugen, noch einen Tag länger zu bleiben.

Darauf konnten sie lange hoffen. Kinder bekamen nie, was sie wollten. Stauf hatte es am eigenen Leib erlebt. Er konnte sich nur daran erinnern, wie sein Vater ihn schlug, weil Henry wieder einmal seine Pflichten vernachlässigt oder zu laut gesprochen hatte oder im Zimmer gewesen war, als sein Vater seine Mutter verprügelte. Jeder erdenkliche Grund trug ihm eine schallende Ohrfeige ein, und dann einen zweiten Schlag, mit dem Handrücken, bis sein Kopf so weh tat und ihm so schwindelig war, daß er kaum noch stehen konnte.

Aber Stauf wollte nicht mehr an den kleinen Henry denken. Er war nicht mehr der kleine Henry. Er umklammerte das Messer so fest, daß seine Handfläche weh tat. Der kleine Henry hatte kein Messer und keinen Hammer gehabt. Und keine Stimmen.

Aber wo *waren* die Stimmen? Seine Füße waren endlich stehengeblieben, aber er hörte immer noch nichts. Er fröstelte von der Kälte, die hinter diesem letzten warmen Tag lauerte.

Urplötzlich wollte Stauf einen Drink. Der letzte lag schließlich schon eine Woche zurück; Stauf war überrascht, daß sein Körper so lange ohne Alkohol ausgekommen war. Er kannte eine kleine Kneipe nicht weit von hier, in einer Gasse an der Main Street. Aber der Richter hatte ihm seine sechs Dollar weggenommen. Wie sollte er an einen Drink kommen, wenn er kein Geld hatte?

Er konnte an nichts anderes als an das Messer denken. Der hölzerne Griff schmiegte sich warm in seine Handfläche. Endlich ein Zeichen.

Stauf blickte auf und sah vor sich in der Luft ein Leuchten, wie eine Miniatursonne. Er ging auf das Licht zu und auf die Antwort, nach der er gesucht hatte.

In der Mitte des Leuchtens schwebte eine winzige Gestalt, kaum größer als Staufs Hand. Zuerst dachte er, die Gestalt wäre ein Mensch. Aber dann erkannte er, daß sie nur wie ein weiblicher Mensch, wie ein kleines Mädchen, geformt war. Das Ding in dem Licht war eine Puppe.

Sie war mit großem Können und einem Auge für Details aus Holz geschnitzt worden, mit beweglichen Gelenken am Ellenbogen und am Knie und feinen Linien für Finger und Zehen. Aber das Erstaunliche an der Puppe war ihr Gesicht. Ihre Augen schienen Stauf anzustarren, vielleicht sogar geradewegs durch ihn hindurchzustarren. Er fühlte sich, als würde er abgeschätzt, als würde er vor eine Wahl gestellt. Wenn er nicht die richtige Wahl traf, würde er die Stimmen vielleicht für immer verlieren.

Aber das Gefühl ging noch tiefer. Es war ihm unmöglich, den Blick abzuwenden. Er hatte dieses Gesicht schon einmal gesehen.

Vielleicht war es das Gesicht seiner Mutter, immer versteckt hinter Tränen. Oder das der Ehefrau, die ihn vor langer Zeit verlassen hatte, eines nachts, während er schlief, und dabei nichts außer einem leeren Bett zurückgelassen hatte. Oder das Gesicht der Frau, die an dieser Stelle tot zu Boden gesackt war, ihr Lied auf immer verstummt. Stauf starrte angestrengt in das Gesicht. Und die Puppe starrte stumm zurück, weigerte sich, ihre Geheimnisse preiszugeben.

Irgendwie war das Puppengesicht keines dieser Frauen und doch gleichzeitig alle. Es war, als wäre das Gesicht schon ein Teil von ihm, genauso wie die Stimmen in seinem Kopf. Bei diesem Gedanken flog das Licht davon, schoß wie ein Glühwürmchen auf die Bäume zu. Stauf rannte ihm nach. Er mußte noch einmal in dieses Gesicht sehen. Er mußte es verstehen.

Das Licht sank vor ihm zur Erde und kam auf einem dicken Stück Holz, dem Überrest eines herabgefallenen Astes, zur Ruhe. Und als Stauf auf das Licht hinunterstarrte, sah er in den Ast hinein.

Dort, ganz tief drinnen, war die Puppe. Und die Puppe bat ihn, sie herauszulassen.

Endlich wußte Henry Stauf, wofür das Messer war.

6

Martine Burden schlug die Tür zu.

Sie hatte gesehen, wie der Postbote sie angegrinst hatte. So, als solle sie nur an die Tür gehen, wenn sie vollständig angekleidet war, wie für einen Stadtbummel. Was ging es ihn an, wenn sie die Tür im Morgenmantel geöffnet hatte – es war schließlich ein eleganter, schwarzer Seidenkimono, weit eleganter als die langweiligen geblümten Kleider, die die meisten Frauen hier in der Gegend trugen. Der Kimono war eins der wenigen netten Dinge, die sie aus ihrer Zeit mit Siegfried behalten hatte. Und warum sollte es sie kümmern?

Sie konnte schließlich nicht ahnen, was der Postbote von ihr erwartete.

Oder vielleicht konnte sie es doch. Er hatte seine Augen nicht von ihr losreißen können. Trotz seiner dicken Brille hatte sie sehen können, wie sein Blick an ihr hinuntergewandert war, von ihrem wunderschönen, langen schwarzen Haar – nicht gerade hochmodisch, aber sie konnte es nicht über sich bringen, es abzuschneiden – bis zu ihren zierlichen Brokatpantoffeln. Sie hatte ihre Figur behalten; noch etwas, das Siegfried ihr nicht hatte wegnehmen können. Und in schwarzer Seide sah sie sehr gut aus.

Aber ihr Interesse an dem Postboten war erst erwacht, als der unscheinbare kleine Mann ihr ein Klemmbrett entgegenstreckte und sie aufforderte, für das Einschreiben zu quittieren.

Sie kritzelte hastig ihre Unterschrift auf die vorgesehene Linie und riß ihm den Brief aus der Hand. Sie belohnte ihn mit einem knappen Lächeln und einem gehauchten »danke«.

Der Postbote stand einfach nur da und starrte sie an. Diese Wirkung hatte sie oft auf Männer.

Also hatte sie ihm die Tür vor der Nase zugeschlagen.

Martine erlaubte sich ein leises Lächeln. Nach der Reaktion des Postboten zu urteilen, besaß sie immer noch alles, was es brauchte, um es in dieser Welt zu was zu bringen.

Als ob sie es zu irgendwas gebracht hätte! Martine Burden, Mieterin eines der besten möblierten Zimmer in der Stadt. Eine Hälfte von ihr hätte fast gelacht, während die andere Hälfte lieber schreien wollte.

Statt dessen drehte sie sich wieder zur Haustür um und spähte durch die kleine Milchglasscheibe, die in die Tür eingesetzt war, um etwas Licht hineinzulassen. Der Postbote hatte sich umgedreht und ging mit langsamen Schritten davon, so als wäre er benommen. Im Gehen schüttelte er den Kopf, vielleicht um seinen beschränkten Verstand von dem Schock dessen zu klären, was er gerade gesehen hatte: Diese provozierend angezogene Frau, von der er allen in der Stadt erzählen würde.

Fast hätte Martine den Postboten zurückgerufen, um ihm etwas zu liefern, über das er sich mit Recht das Maul zerreißen konnte.

Aber der Impuls war ebenso schnell wieder vergessen, wie er gekommen war. Warum sich die Mühe machen? Vielleicht war es nicht so ehrenwert, wie manche in der Stadt es gern gesehen hätten, wenn man nachmittags um zwei Uhr in einem solchen Aufzug an die Tür ging. Aber wofür sollte man sich in einer Stadt wie dieser schon anziehen?

Sie drehte sich um und ging über den stellenweise bis auf die Fußbodenbretter durchgewetzten hellblauen Teppich der Diele zurück zu ihrem Eckzimmer. Martine Burden, die in ihre Heimatstadt zurückgekehrt war. Nicht, daß jemand hier über ihre Rückkehr erfreut gewesen wäre.

Sie war zurückgekehrt, weil sie nicht wußte, wo sie sonst hin sollte. Aber ihre Mutter weigerte sich, auch nur ein Wort mit ihr zu sprechen – von den meisten ihrer alten Freunde ganz zu schweigen. Sie war nach New York gegangen und hatte die Nase hoch getragen. Und dann noch dieser Ausländer! Es hatte keine Rolle gespielt, daß Siegfried adelig war. Oder zumindest hatte er das behauptet; in der Großstadt waren alle gleich viel respektvoller, wenn man vor dem Namen einen Titel hatte.

Was kümmerte es schon, wenn er sie zum Narren gehalten hatte, zum Narren gehalten und dann verlassen? Niemand wollte Erklärungen hören, und Mitleid war nicht zu erwarten. Jene in der Stadt, die überhaupt noch mit ihr sprachen, taten dies nur, um Martine immer wieder an all das zu erinnern, was sie falsch gemacht hatte. Sie würden sie wieder in ihrem Kreis aufnehmen, sobald sie bereit war einzugestehen, welch große Sünde sie begangen hatte. Um unter diesen ehrenwerten, gottesfürchtigen Menschen zu leben, würde sie kriechen und um Vergebung betteln müssen.

Die konnten sich ihre Vergebung sonstwohin stecken.

Martine sah den Umschlag an, den sie noch immer in ihrer Hand umklammerte. Dieser Brief war das interessanteste, was ihr seit Wochen passiert war. Sie nahm einen Brieföffner von der unordentlichen Kommode und schlitzte den Umschlag vorsichtig auf. Darin steckte eine Einladung zu einer Party auf dem Stauf-Anwesen am kommenden Wochenende.

Und es steckte noch ein weiterer Briefbogen darin, feines Büttenpapier, in einer geschwungenen Handschrift beschrieben, eine persönliche Botschaft, nur für Martine. Ein persönlicher Brief, der per Einschreiben geschickt worden war? Vielleicht wußte doch jemand hier in der Stadt ihre Gesellschaft zu würdigen.

Vor nicht allzu langer Zeit war sie noch jeden Abend auf solch elegante Partys gegangen, als Verlobte eines europäischen Grafen, der von der ganzen New Yorker Gesellschaft eingeladen wurde. Männer verbeugten sich vor ihr und küßten ihr die Hand. Und jeder schöne Galan bat sie zum Tanz. Sie tanzten und lachten und tranken bis zum Morgengrauen, Nacht für Nacht, ein unablässiger Strudel und kein Ende in Sicht.

Bis zu jenem Abend, als sie ins Hotel zurückkehrte und feststellte, daß die Geschäftsleitung sie aus ihrem Zimmer geworfen hatte. Mietrückstände, sagten sie. Ihr ganzer Besitz war gepfändet worden; ihr blieb nichts weiter als der Inhalt ihrer Handtasche, ein Cocktailkleid und ein dünner Schal.

Zuerst hatte sie gedacht, es handele sich um ein Mißverständnis. Siegfried hatte sich immer um alles gekümmert. Sicher hatte er einfach nur vergessen, Gelder auf das richtige Konto zu überweisen.

Aber Siegfried wohnte nicht mehr im gegenüberliegenden Zimmer. Die Geschäftsleitung setzte Martine davon in Kenntnis, daß er aus dem Hotel ausgezogen sei und seine Konten mitgenommen habe.

Martine hatte Siegfried ohne große Schwierigkeiten gefunden; auf ihre Art war die New Yorker Gesellschaft ein Dorf. Martine entdeckte ihn vor einem neuen Hotel, mit einer neuen Frau an seinem Arm.

Er hatte sich mit ihr verabredet, als sie es verlangte, um der alten Zeiten willen, wie er sagte. Und als sie allein waren, hatte er sie ausgelacht. Wofür hielt sie sich denn? hatte er gefragt.

Nichts als ein Schmuckstück, das man in der Gesellschaft herumzeigte. Martine sei ja durchaus hübsch, aber sie habe keine Verbindungen. Er brauche ein besseres Schmuckstück, und seine neue Geliebte, Susan, entstamme einer der besten Familien der Stadt. Schließlich sei alles eine Frage des Geldes.

Martine war am Boden zerstört. Sie hatte dem Hotelpersonal eine Geschichte erzählt, die der Wahrheit recht nahe kam, ausgeschmückt mit ein paar Tränen. Ein mitleidiger Portier hatte ihr einen Koffer voll mit ihren Habseligkeiten beschafft: Ein schäbiger Reisekoffer, wo sie doch einst ein halbes Dutzend Überseekoffer besessen hatte.

Sie war eine dumme Gans gewesen, daß sie sich mit einem angeblichen Adeligen aus einem Land eingelassen hatte, von dem sie noch nie was gehört hatte. Jetzt bezweifelte sie, daß es das Land überhaupt gab.

Und nachdem Siegfried sie verlassen hatte, wollte auch die Gesellschaft nichts mehr von ihr wissen. Männer lächelten entschuldigend und wandten den Blick ab, Frauen tuschelten hinter ihren Fächern, Oberkellner konnten plötzlich keinen Tisch mehr für sie finden, Türsteher sahen durch sie hindurch, als wäre sie gar nicht da.

Also war sie mit ihrem einzelnen Koffer hierher zurückgekommen, in dieses winzige Nest, von dem sie noch vor kurzem gehofft hatte, daß sie ihm auf immer entflohen wäre.

Natürlich hatte sie einiges verkauft, um von dem Geld leben zu können. Aber sie hatte auch einige der erlesenen Dinge behalten, Dinge aus einer Welt, in die sie gehört hatte, zumindest für ein paar Wochen. Sie hatte genug übrig, um sich für diese Party anzuziehen. Besonders für eine Party auf dem Stauf-Anwesen. Sie hatte gehört, daß Stauf der reichste Mann der Stadt war.

Und sie vermutete, daß er nicht gerade bei bester Gesundheit war. Es hatte sogar Gerüchte gegeben, daß er schon tot wäre. Martine hatte nur schallend gelacht, als sie das hörte.

Nach der Einladung in ihrer Hand zu urteilen, trafen diese Gerüchte ebenso zu wie der Klatsch über sie selbst.

Die uralten Federn ächzten, als Martine sich auf die Bettkante setzte. Aber was kümmerte sie jetzt noch ihr möbliertes Zimmer? Dieser Umschlag in ihrer Hand war eine Einladung in die hiesige Gesellschaft. Martine hatte lange darauf gewartet. Sie hatte gewußt, daß jemand ihre großstädtische Erfahrenheit zu schätzen wissen würde, besonders in einem verschlafenen Nest wie diesem. Sie wußte, wie man nett – sehr nett – zu kranken alten Männern war. Sie würde allen beweisen, was eine richtige Frau tun konnte.

Von jetzt an kam Martine Burden an erster Stelle. Sie war immer noch jung. Sie war eine attraktive Frau. Sie würde die Kerle bluten lassen.

Vielleicht sollte sie sich doch anziehen. Endlich hatte sie einen Grund zum Feiern.

7

Und so nahm Stauf sein Messer und verwandelte ein Stück Holz in eine Puppe.

Als er jünger war, hatte er gelegentlich geschnitzt, aber er war nie sonderlich gut gewesen. Es hatte ihm an der Geduld zum Üben gemangelt. Nun führte etwas anderes seine Hand. Vielleicht waren es die Stimmen; vielleicht war es die Puppe selbst. Henry hinterfragte seine neue Kunstfertigkeit nicht; es genügte, daß ihm diese Gabe geschenkt worden war.

Als er fertig war, glich die Puppe in jeder Einzelheit seiner Vision. Diesmal paßte er auf, nicht zu tief in die Augen der Puppe zu sehen. Dieser Blick war für jemand anderen bestimmt.

Die Puppe war jetzt geschnitzt, aber sie war noch nicht vollendet. Stauf zerrte seine Hemdschöße aus dem Hosenbund und riß ein Stück davon ab, um aus dem Stoff ein behelfsmäßiges Kleid zu machen. Sein Mantel würde das Loch verdecken. Verglichen mit der Puppe spielte sein Hemd keine Rolle.

Sein Mund war trocken und leer. Er kannte nur ein Heilmittel dagegen. Er hatte seit über einer Woche keinen Alkohol mehr geschmeckt. Und die Puppe war fertig. Er mußte feiern. Wenn er vorher auch nicht daran gedacht hatte, sich einen Drink zu genehmigen, jetzt lebte er nur noch für diese Aussicht.

Er besaß nichts außer dieser Puppe, also nahm er die. Die Puppe würde ihm Kraft geben. Vielleicht würde sie ihm sogar sagen, was er tun sollte.

Stauf sah sich angestrengt im fahler werdenden Nachmittagslicht um und versuchte sich zu erinnern, wo genau die Flüsterkneipe war. Es gab kein Schild oder etwas ähnliches. Der Eingang war eine von einem halben Dutzend fast identischer Türen, die die enge Gasse säumten. Wie bei den meisten Etablissements dieser Art, erfuhr man nur davon, wenn man die richtigen Leute kannte. Natürlich kannte Henry Stauf einige der größten Säufer in der Gegend.

In etwas besseren Zeiten war er durch ein paar seiner Saufkumpane in diese Kneipe gekommen. Er war zwei-, vielleicht dreimal hier gewesen. Sein Gedächtnis war nicht sonderlich gut, wenn es um solche Einzelheiten ging. Dieser Tage erinnerte er sich an fast gar nichts mehr, außer an das, was die Stimmen ihm sagten.

Seine Füße schienen zu erinnern, was sein Gedächtnis vergessen hatte. Er ging zu der dritten Tür auf der linken Seite. Der Rest des Rituals fiel ihm wieder ein, während er dreimal laut an die Tür klopfte und »Lieferung!« rief.

Die Tür öffnete sich gerade weit genug, daß jemand auf der anderen Seite ihn von Kopf bis Fuß mustern konnte.

Stauf hörte gedämpfte Stimmen auf der anderen Seite der Tür. Vielleicht stritten sie darüber, ob sie ihn hereinlassen sollten oder nicht. Es schien eine Ewigkeit zu dauern, während er darauf wartete, ob die Tür nun aufgehen oder ihm vor der Nase zugeschlagen würde.

Henry Stauf zog die Puppe aus der Tasche und umfaßte sie mit beiden Händen, hielt sie zwischen sich und den Eingang.

Die Tür ging auf. »Kehr ein«, rief eine Stimme von drinnen.

Stauf hatte gewußt, daß die Puppe ihm helfen würde.

Er trat ein. Der Raum war groß und schummrig und rauchverhangen, obgleich der Schuppen fast leer war. Stauf bemerkte, daß es keine Fenster gab, keine Stelle, wo Luft oder Licht sich hereinschleichen und die Trinker stören konnten. Oder wo das, was hier geschah, hätte nach draußen dringen können. Aber das war Stauf nur recht.

Über der Bar hing ein Schild, leuchtend gelbe Lettern mit roter Umrandung. »Das Kehrein.« So hieß der Laden also. Genau wie der Mann gesagt hatte.

Um diese Zeit am Nachmittag war nicht viel los. Nur ein paar Säufer wie Stauf selbst. In einer halben Stunde würden die Arbeiter auf dem Nachhauseweg auf ein Bierchen hereinschauen. Ein, zwei Stunden später würden sie von denen abgelöst, die sich einen schönen Abend machen wollten, und als letztes kamen dann die Cops, pünktlich eine Minute nach Ende ihrer Schicht. Die Cops gehörten zu den einträglichsten Kunden in dieser Gegend. Wen kümmerte schon die Prohibition, wenn man einen guten starken Drink brauchte? Und Stauf hatte mit ihnen allen getrunken, hier und in hundert anderen Spelunken.

Hinter der Theke stand ein wohlgenährter Mann mittleren Alters. Sein Schnurrbart gab seinem Gesicht etwas Grimmiges, die Sorte Mann, der jede tragische Lebensgeschichte vorwärts und rückwärts gehört hatte. Stauf fragte sich, wie er einen solchen Mann um einen Drink anschnorren sollte.

Im Moment war der Barkeeper allerdings damit beschäftigt, zu einem Mädchen von höchstens sieben oder acht hinzusehen, das am anderen Ende der Theke stand.

»Und wo ist der Eimer?« fragte er barsch.

»Ich werde den Boden nicht wischen!« gab das Mädchen kopfschüttelnd zurück. Sie stampfte auf die abgewetzten Dielen.

Der Barmann beugte sich über die Theke. »Du tust, was ich ...«

»Die anderen Mädchen sind alle zum Bonbonladen gegangen!« fügte die Kleine hastig hinzu. Sie stampfte abermals mit dem Fuß auf. »Ich darf nie was!«

Der Barkeeper holte tief Luft. »Du darfst dir was bei mir abholen, wenn du fertig bist mit ...«

»Nie schenkst du mir was!« Die Stimme des Mädchens hob sich zu einem Schreien. »Ich hasse dich!«

Der Streit wuchs sich aus; der Erwachsene und das Kind schrien und keiften einander an, als ob sie allein in der Bar wären. Stauf ließ den Blick über die anderen Säufer in der Bar schweifen – zwei, drei hatten den Kopf auf den Tisch gelegt, die anderen starrten ins Leere – und dachte bei sich, daß die beiden Schreihälse vielleicht wirklich die einzigen hier waren.

Der Barmann brüllte jetzt, sein Gesicht war so rot, wie man es bei verfaulendem Gemüse sah. Das Mädchen verzichtete mittlerweile auf jegliche Worte und schrie nur noch nach Leibeskräften.

Stauf entschied, daß dieser Zeitpunkt genauso gut oder schlecht wie jeder andere war. Er trat an die Theke.

Der Barkeeper schüttelte den Kopf, als Stauf sich näherte.

»Mister«, brüllte er über das Kreischen seiner Tochter hinweg, »Sie müssen ja dringend einen Drink brauchen, wenn Sie sich bei diesem Gezanke rantrauen.« Er musterte Stauf kurz, bemerkte die zerschlissenen Kleider und das unrasierte Gesicht. »Haben Sie was, um damit zu bezahlen?«

Stauf legte die Puppe auf die Theke. »Ich hab das hier.«

»Was?« Der verwirrte Ausdruck des Barmanns verwandelte sich in Staunen, als er Staufs Werk betrachtete. »Ein beachtliches Stück.« Dann sah er wieder Henry an. »Würden Sie die eintauschen?«

Stauf nickte. Er wußte, daß die Puppe dazu gedacht war. Er sah zu dem kleinen Mädchen hinüber.

Aber sie stand nicht mehr in der hintersten Ecke des Raums. Sie kam auf Stauf und seine Puppe zu, die Augen weit aufgerissen, als hätte sie so etwas noch nie im Leben gesehen.

»Karen?« rief der Barkeeper sanft.

Sie reagierte nicht, sondern kam nur immer näher. Karen starrte die Puppe an, und die Puppe starrte sie an.

Stauf hielt ihr die Puppe hin. »Nimm sie«, sagte er.

Zum erstenmal blickte Karen zu ihrem Vater. »Darf ich?«

Der Barkeeper sah zu Stauf, dann wieder zu seiner Tochter. »Wüßte nicht, was dagegen spricht, wo es doch so eine hübsche Puppe ist.«

Karen griff mit einem begeisterten Aufschrei nach der Puppe. Stauf lächelte das kleine Mädchen mit ihrem neuen Schatz an. Wenn überhaupt möglich, war er noch glücklicher als Karen. Schließlich hatte er wieder etwas für die Stimmen getan.

Aber Stauf hatte auch noch andere Bedürfnisse. Er leckte sich die trockenen Lippen und sah wieder zu dem Barkeeper.

»Wie wär's mit 'nem kleinen Geschäft?«

Der Barkeeper kicherte. »Mister, dafür, daß Sie ihr die Puppe gegeben haben, bekommen Sie Ihre Drinks heute nachmittag umsonst von mir.«

Und so begann der Barkeeper mit dem Ausschenken, und Stauf fing an zu trinken. Bourbon, mit einem Bier zum Nachspülen. Der erste brannte in Staufs Kehle, aber er wärmte auch. Stauf konnte sich nicht erinnern, wann er sich zum letzten Mal so wohl gefühlt hatte.

»Ich heiße Hans.« Stauf blickte auf und sah eine ausgestreckte Hand. Dahinter ragte der Barkeeper auf. Der Mund unter dem Schnurrbart verzog sich zu einem Grinsen.

Stauf ergriff die Hand des Barmanns und schüttelte sie. »Henry.«

»Wo haben Sie denn die Puppe her?« fragte Hans.

Stauf kippte den Rest von seinem Bourbon und widmete sich dann dem Bier. »Hab ich selbst gemacht. Hab ein Stück Holz gefunden, das gerade richtig für eine Puppe war, und dann hab ich sie geschnitzt, draußen im Park.«

Hinter ihm lachte und sang Karen. Er drehte sich zu ihr um und sah sie an, während er einen weiteren Schluck trank. Das Mädchen lief vor der Theke im Kreis herum und schwenkte die Puppe hin und her, als hätte sie einen Tanzpartner fürs Leben gefunden.

Der Barkeeper pfiff staunend. »Ich hab sie noch nie so glücklich gesehen.«

Die kleine Karen drückte ihre Puppe fest an sich und flüsterte ihr leise ins Ohr.

Stauf fragte sich, ob die Puppe wohl antwortete.

»Und Sie haben die Puppe selbst gemacht?« sagte Hans.

»Nur ich und mein Messer«, erwiderte Stauf. »Es ist ein Talent.«

Der Barkeeper kratzte sich den Schnurrbart, während er seine Tochter und ihr neues Spielzeug betrachtete. Er sah wieder zu Stauf. »Hören Sie, ich hab da ein leeres Zimmer, nach hinten raus. Ich hab auch 'ne Werkstatt.« Er nickte zu dem kleinen Mädchen hin. »Ihre Mutter ist tot. Ist kein schönes Leben für ein kleines Mädel, in einer Bar aufzuwachsen. Wenn Sie noch ein paar Sachen für meine Tochter machen, gebe ich Ihnen für eine Woche das Zimmer und Verpflegung.«

Stauf nickte und lächelte.

»Ich brauche noch einen Drink«, bemerkte er.

Das war erst der Anfang.

8

Julia Heine starrte in ihren Cognac. Der war mittlerweile ihr einziger Trost. Es gab niemanden mehr, der sich noch um sie kümmerte, sie war ganz allein, eine Dame im Ruhestand. »Ruhestand.« So nannten sie das, was sie mit ihr gemacht hatten, aber Julia wußte es besser.

Sie waren so gefühllos gewesen in der Bank. Julia hatte den einen oder anderen Cognac gebraucht, um den Tag zu überstehen – vielleicht zwei zum Mittagessen, und dann einen in der Kaffeepause. Ohne Cognac schaffte sie es nicht. Und es hatte kaum Einfluß auf ihre Arbeitsleistung gehabt, jedenfalls meistens nicht. Na schön, eines Tages hatte sie sich dauernd verrechnet und dann einen Kicheranfall bekommen. Man sollte meinen, daß denen in der Bank ein bißchen Spaß gut zupaß kommen würde!

Aber nein, die konnten nur Abmahnungen geben und Julia in Mr. Franks Büro zitieren. »Dies ist Ihre letzte Chance«, hatte er gesagt und sie dabei so durchdringend angesehen, daß Julia sich gewünscht hatte, sie könnte sich einen Cognac genehmigen, dort, in seinem Büro, nur zum Trotz!

Wenig später wurde sie in Franks Büro zitiert und man teilte ihr mit, daß man sie nicht länger beschäftigen werde. Sie werde mit sofortiger Wirkung in den Ruhestand versetzt. Es sei das beste für den Ruf der Bank, wie auch für ihren eigenen. Sie habe sowieso nur noch ein paar Jährchen, bevor sie regulär das Rentenalter erreicht hätte.

Das Rentenalter? Diese Leute konnten sie so einfach gehen lassen und durch eine Jüngere ersetzen. Wenn man erstmal die Vierzig hinter sich gelassen hatte und das Aussehen langsam nachließ ... Puff! Man löste sich in Luft auf, man wurde unsichtbar. Genau wie Julia Heine.

Sie trank einen weiteren Schluck von ihrem Cognac. Er beruhigte sie. Eine Frau brauchte etwas, das ihr half, das Leben zu meistern. Besonders eine Frau, die ganz allein auf der Welt war, wie Julia.

Zumindest hatte sie es die ganzen Monate so gesehen, bis heute. Diese elegante Einladung! Julia war so überrascht gewesen, daß sie sogar die Unhöflichkeit des Postboten ignorieren konnte. »Nicht noch eine«, hatte er gemurmelt, als sie das Einschreiben quittierte. Was hatte er damit gemeint? Wie konnte es dieser dürre Postbote mit seiner dicken Brille wagen, ihre Privatkorrespondenz zu kritisieren? Oder kritisierte er Julia?

Sie hatte ihre Aufregung kaum beherrschen können, schon ehe sie den Umschlag geöffnet hatte. Bereits die Qualität des Papiers verriet Geld. Wenn man bei einer Bank arbeitete, lernte man, auf so etwas zu achten.

Aber das wunderbare Geschenk darin hätte sie nie erwartet: Eine Einladung, eine persönliche Einladung von Henry Stauf.

Julia erinnerte sich daran, wie sie das erste Mal von Stauf gehört hatte, während jener langen Nachmittage, die sie im Kehrein verbrachte.

Alle waren an jenem Tag ganz aufgekratzt gewesen, hatten über die Puppe geredet, die Stauf für die Tochter des Barbesitzers gemacht hatte. Karen, so hatte sie geheißen – die Tochter, nicht die Puppe. Julia konnte sich noch immer an solche Einzelheiten erinnern, ganz gleich, was die bei der Bank sagten.

Julia erinnerte sich daran, wie sie Karens Puppe angefaßt hatte. Sie war schon beim Anschauen bemerkenswert, kaum dreißig Zentimeter groß und so fein ausgearbeitet, daß sie beinahe lebendig anmutete. Aber Julia war aufgefallen, wie außergewöhnlich die Puppe war, als sie sie in ihren Händen gehalten hatte. Sie war offenbar aus Holz gemacht, aber das Holz war warm, als wäre die Figur nicht aus einem toten Ast, sondern aus einem lebenden Baum geschnitzt worden und würde irgendwie immer noch leben. Die Puppe war ein Wunderwerk. Julia kam nicht umhin, sich für den Mann zu interessieren, der so etwas erschaffen konnte.

Aber warum sollte ausgerechnet sie eine Einladung von einem solch reichen Mann erhalten? Nun, Stauf war ihr immer sehr schlicht vorgekommen, ein Mann, der sich nie neue Kleidung kaufte, der nur alle paar Monate zum Haareschneiden ging und sich manchmal eine Woche lang nicht rasierte. Er kam und ging in Eile, als wolle er selbst die wenige Zeit, die er in der Bank verbrachte, nicht verschwenden. Er hatte nur für seine Spielzeuge Zeit.

Aber Julia hatte immer geargwöhnt, daß Mr. Stauf zu den sprichwörtlichen stillen Wassern gehörte. Julia würde andere niemals unterschätzen, so wie sie von ihnen unterschätzt wurde. Sicher war sie ihm in der Bank aufgefallen, und er hatte sie für bemerkenswert genug erachtet, um sie zu einem so besonderen Abend einzuladen. Eine Einladung wie diese war wie der Beginn eines ganz neuen Lebens.

Sie konnte sich mit jemandem wie Stauf unterhalten, einem wohlhabenden älteren Mann, der eine reife Frau wirklich zu schätzen wußte. Sie fragte sich, ob er sie bitten würde, ihn Henry zu nennen.

Ein ganz neues Leben. Sie sollte ihrem alten Leben den passenden Abschied geben. Der Cognac war so wärmend, so tröstlich. Noch ein Drink oder zwei konnten nicht schaden.

Als der Cognac ihr durch die Kehle rann, mußte Julia an Karen denken. Das arme Mädchen war schon bald gestorben, nach plötzlicher, schwerer Krankheit. Und einige in der Stadt hatten gemunkelt, daß es etwas mit der Puppe zu tun habe.

Julia Heine hielt das für wahrscheinlich, allerdings nicht in der Weise, wie die anderen es meinten. Die kleine Karen war zu jung gewesen für das großartige Geschenk, das sie erhalten hatte. Sie war einfach nicht stark genug gewesen, die lebensspendende Energie der Puppe anzunehmen.

Julia hingegen war anders. Sie besaß jene Kraft, die aus langen Jahren der Erfahrung entsprang. Sie war begierig darauf, jene Energie abermals zu berühren. Sie würde jenes Leben annehmen. Sie würde es ihnen allen zeigen.

Julia würde Henry Staufs Geheimnisse ergründen. Geheimnisse, die ein Leben nehmen oder erschaffen oder einem Leben einen neuen Anfang geben konnten.

Von dem Moment an, in dem Julia die Puppe in der Hand gehalten hatte, hatte sie gewußt, daß es möglich war. Vielleicht hatte Stauf das in ihr gesehen, hatte erkannt, daß in ihr weit mehr steckte als die »Dame im Ruhestand«, die alle anderen sahen.

Das würde diese Einladung erklären.

Irgendwie würde sie diese Dinner-Party dazu benutzen, Staufs Geheimnisse zu ergründen. Irgendwie würde sie an diese Energie kommen, die Stauf seinen Spielzeugen mitgegeben hatte, und würde sie für sich selbst verwenden.

Sie seufzte und trank noch einen Schluck. Julia Heine würde wieder jung werden, koste es, was es wolle.

9

Die Bar füllte sich. Und alle sprachen über die Puppe.

Henry Stauf trank sein Bier und genoß die Beachtung, die man ihm schenkte. Er wußte, daß seine Hände – geführt von den Stimmen – noch andere Dinge erschaffen würden. Die Leute würden sie Spielzeuge nennen, aber sie wären weit mehr als das.

Als er sich Karen ansah, die glücklich ihre Puppe im Arm hielt, erkannte Stauf, daß er jene Figur allein für sie geschnitzt hatte, um eine Lücke in ihrem Leben zu füllen. Vielleicht erinnerte die Puppe sie an eine Schulfreundin, eine imaginäre

Spielkameradin, vielleicht sogar an ihre verstorbene Mutter. Durch das Messer in Staufs Händen hatten die Stimmen dem kleinen Mädchen gegeben, was es sich am meisten auf der Welt wünschte.

Eines Tages würde Karen um eine Gegenleistung gebeten werden. Die Stimmen taten niemals etwas umsonst.

Der Barkeeper mußte Stauf schon längst nichts mehr ausgeben. Alle anderen drängten sich darum. Jeder hochnäsige Einwohner dieses verschlafenen Kuhkaffs, all die Männer und Frauen, die vor einer Woche noch nicht einmal einen Dime für Stauf übrig gehabt hatten, all die ehrenwerten Bürger, die glatt durch ihn hindurchgesehen hatten, bevor er sein erstes Geschenk fertig hatte. Alle wollten eine Puppe.

Und auch Stauf selbst veränderte sich. Vielleicht war es eine stumme Botschaft der Stimmen, die ihn zurückhielt. Vielleicht war es die plötzliche Beachtung angesehener Bürger. Was immer auch der Grund sein mochte, zum ersten Mal seit vielen Jahren hatte Stauf nicht mehr den Wunsch, zu trinken, bis er umfiel. Nach den ersten zwei Schnäpsen ging er die Sache langsamer an. Sicher, der Schnaps schmeckte immer noch gut und er half, eine Stelle zu verdunkeln, die Stauf lieber nicht sehen wollte. Aber das Trinken reichte ihm nicht mehr. Nun hatte er etwas zu tun. Nun hatte er eine Möglichkeit, allen heimzuzahlen, was sie ihm angetan hatten.

Jeder fragte, was Stauf sonst noch schnitzen würde. Er erklärte allen, daß sie abwarten sollten. Er hatte ebensowenig Ahnung wie sie, was die Stimmen und seine Hände als nächstes produzieren würden. Er wußte nur, wenn er es fertig hatte, würde jemand es brauchen – sehr, sehr dringend.

»Ich muß einige Sachen für Hans machen«, erklärte Stauf den anderen und deutete dabei auf den geschäftigen Barkeeper hinter der Theke. »Aber in etwa einer Woche dürfte ich ein bißchen Zeit haben. Sie können mich dann ja noch mal ansprechen.«

Einige der beharrlicheren Kneipengäste versuchten, trotzdem schon etwas bei ihm zu bestellen, aber Stauf schüttelte den Kopf und wies sie ab, endlich bereit, sich wieder ernsthaft dem Trinken zuzuwenden.

»Nächste Woche!« riefen die reichen Drecksäcke.

»Bis dann!« Sie lächelten ihn an, als wären sie seine Freunde.

»Wir zählen auf dich!« Die Beflissensten unter ihnen winkten, als wären sie froh, daß er nun zu ihnen gehörte.

Stauf zählte auch auf sie. Er kippte einen weiteren Schnaps hinunter. Wie es schien, hatte er ein Leben voller Arbeit vor sich – sowohl für sich als auch für die Stimmen.

In jener Nacht fertigte Henry Stauf sein zweites Spielzeug. Zumindest würden alle Leute in der Stadt es so nennen.

Diesmal war es ein Geduldspiel. 32 rote und schwarze Quadrate mußten so angeordnet werden, daß sie ein Schachbrettmuster ergaben, ohne, daß sich zwei rote oder schwarze Felder direkt berührten.

Es sah aus, als wäre es die einfachste Sache der Welt. Aber es gab nur eine richtige Auflösung. Darauf hatten die Stimmen geachtet.

Sie hatten Stauf auch gesagt, wie er die Farben herstellen sollte, um damit die Quadrate anzumalen – Farben, die aus gewissen Pflanzen und dem Blut toter Tiere gemischt wurden. Durch die Farben wurde das Geduldspiel lebendig. Es war genau wie bei der Puppe; man konnte es stundenlang anstarren.

Die Stimmen hatten ihm noch etwas gegeben: Stauf war in der Lage gewesen, über das Geduldspiel hinauszusehen. Dort hatte er Formen erspäht; wie viele vermochte er nicht zu sagen. Es waren nur vage Umrisse, Schemen im Nebel jenseits des strahlenden Geduldspiels.

Wie sehr er sich doch danach sehnte, die Gesichter hinter jenen Stimmen zu sehen!

Aber dafür war es noch zu früh. Es lag eine Menge Arbeit

vor ihm. Vielleicht durfte er die Stimmen eines Tages sehen, wenn sie ihn für wert erachteten.

Dann wachte Stauf auf und machte sich daran, die Dinge zusammenzusuchen, die er brauchte. Sie waren alle genau dort, wo die Stimmen gesagt hatten – das Holz, die Gräser und der verendende Hund auf der Straße. Dann kehrte Stauf in die Werkstatt hinter der Bar zurück und begann.

Während er arbeitete, erinnerte er sich daran, wie gut sich der Hammer in seiner Hand angefühlt hatte, an jenem Tag im Park. Es wurde ihm bewußt, daß die Puppe, die er gemacht hatte, und das Geduldspiel, das er gerade baute, im Grunde wie jener Hammer waren. Alle drei waren Werkzeuge der Macht, die ihm die Stimmen gegeben hatten.

Indem sie ihn zu dem Hammer führten, hatten die Stimmen ihm Macht über Leben und Tod geschenkt. Die Spielzeuge, seine neuen Werkzeuge, waren ebenfalls Instrumente der Macht, nur subtiler als der Hammer. Vor seinem geistigen Auge sah Stauf für einen flüchtigen Moment die Puppe, die er geschnitzt hatte, das Geduldspiel, an dem er arbeitete, und Hunderte von anderen Spielzeugen, die er noch erschaffen mußte. Irgendwie sahen sie einen Augenblick lang alle aus wie kleine Hämmer.

Henry Stauf blinzelte. Er würde diese Hämmer benutzen, um dieser ganzen hochnäsigen Stadt einen Schlag zu versetzen.

Mit diesem Gedanken machte er sich wieder an die Arbeit. Und während er arbeitete, schienen die Stimmen näher zu kommen. Sie streichelten ihn mit ihrem Flüstern und trösteten ihn, wenn er tief in seinen Träumen versunken war.

Jedesmal, wenn er ein weiteres Spielzeug fertigte, kam er der großen Offenbarung einen Schritt näher.

Staufs Erfolg wuchs mit jedem Tag, der verstrich.

Selbst die artigsten Kinder konnten manchmal schwierig

sein. O sicher, man konnte mit ihnen reden, an ihr Gewissen appellieren, sie sogar maßregeln. Das löste das gerade aktuelle Problem, doch am Horizont dräute schon das nächste.

Aber die Kinder, die Staufs Spielzeuge bekommen hatten, schienen nie zu quengeln. Hans' Tochter lächelte jetzt die ganze Zeit, versunken in ihrer eigenen kleinen Welt, ihre Puppe fest an ihre Brust gedrückt. Die anderen Kinder, die Staufs Werke erhielten, benahmen sich genauso. Das Spielzeug war ihr Leben. Jeder möchte seine Kinder glücklich und artig sehen. Statt mit ihnen zu reden, sie einzuschüchtern oder ihnen den Hosenboden zu versohlen, war es doch so viel leichter, ihnen ein wunderbares Spielzeug zu schenken.

Die Eltern prügelten sich förmlich um Staufs Spielzeuge. Er konnte beinahe jeden Preis für sein neuestes Wunderwerk verlangen. Das Geld floß nur so. Zuerst konnten sich nur die Reichsten der Stadt seine Dienste leisten. Aber das war Stauf ganz recht. Die fettesten Katzen zuerst.

Gerade mal zwei Monate später eröffnete er seinen eigenen Spielzeugladen. Ein Grundstücksmakler fand für ihn Verkaufsräume in allerbester Lage, der Bankbesitzer stellte ein großzügiges Darlehen zur Verfügung, alles als Gegenleistung für Staufs einzigartige Spielzeuge. Der Herausgeber der Lokalzeitung druckte kostenlose Anzeigen und ersann sogar einen Werbeslogan für das neue Geschäft des Spielzeugmachers: »Ein Spielzeug von Stauf ist ein Spielzeug fürs Leben.«

Stauf revanchierte sich bei jedem von ihnen mit einem Spielzeug. Spielzeuge, die zum Mittelpunkt des Lebens ihrer Kinder wurden, genau wie der Slogan sagte.

Und an einem frostigen Wintertag öffnete Staufs Spielzeuggeschäft seine Pforten. Nicht alle Spielzeuge stammten aus seiner Hand. Henry Stauf führte einige Spiele und Puppen aus der Außenwelt. Er hatte schließlich nur zwei Hände, und er brauchte etwas, um die Regale zu füllen. Außerdem konnte er immer seinen Blick über die anderen Spielsachen schweifen lassen und hier und dort eine gute Idee stehlen, sie ein wenig abändern und ihr eine persönliche Note verleihen. Natürlich verkauften sich die Spielzeuge, die er selbst machte, am besten. Die meisten waren binnen weniger Stunden weg, und keins blieb mehr als ein paar Tage im Regal. Eltern kauften sie begierig, um die Lücken im Leben ihrer Kinder zu füllen. Manchmal waren die Eltern verzweifelt, so als könnten sie damit auch die Lücken in ihrem eigenen Leben füllen. Stauf schlief kaum noch, und er lehnte alle Einladungen ab, für die er den Laden hätte verlassen müssen. Irgendwie gelang es ihm, drei oder vier neue Spielzeuge an einem einzigen Tag herzustellen. Die Stimmen zeigten ihm wie, und sie gaben ihm Kraft. Es war beinahe so, als würden die Besitzer jener Stimmen dort im Hinterzimmer des Ladens an seiner Seite arbeiten. Sie schienen am äußersten Rand seines Blickfeldes zu verharren, als könnte er jeden Moment aus dem Augenwinkel einen Blick auf sie erhaschen. Obgleich er das nie wirklich tat. Aber er wußte, daß er sie bald sehen würde.

Und wenn er sie sah, würden ihm die Stimmen seine Belohnung geben.

10

Magie war sein Leben. Hamilton Temple war einmal die große Attraktion gewesen, bei der Weltausstellung 1902, als Teil von Billy Roses »Insel der Jahrmarktsschauen«. DER GROSSE DR. TEMPLE ENTFÜHRT SIE IN DAS REICH DER MAGIE UND DES UNERKLÄRLICHEN!« hatte das Plakat verkündet. »BESTAUNEN SIE WUNDER AUS ALLEN KONTINENTEN DER ERDE!« Und vom Mittag bis in die späte Nacht hatten die Menschen stundenlang angestanden, um diese Wunder zu sehen, hatten sich lange Schlangen vor dem Zelt gebildet, Schlangen von Menschen, die glauben wollten.

Er war einer der ganz Großen gewesen, hatte Karten und Tauben und Blumen aus dem Nichts herbeigezaubert, hatte schöne Frauen mit dem Wink seines Zauberstabs zerteilt und wieder zusammengesetzt. Er hatte tausend verschiedene Illusionen vorgeführt, hatte über zwanzigmal die Vereinigten Staaten durchquert, und sein Name hatte in fetten Lettern auf den Varieté-Programmen von mehr als hundert Varietés von Bangor, Maine, bis San Diego, Kalifornien, geprangt.

Aber das Varieté war auch nicht mehr das, was es einmal war, und das gleiche galt für Hamilton Temple. Man sagte, diese neuen sprechenden Filme würden dem Varieté endgültig den Todesstoß versetzen. Nicht, daß es für Temple noch eine große Rolle spielte. Seine Finger waren zu alt geworden, zu verkrüppelt von Arthritis. Sie besaßen keine Zauberkraft mehr. Er hatte alles verloren.

Nein, mahnte Temple sich, nicht alles. Seine Finger versagten ihm ihren Dienst, aber sein Verstand war noch scharf.

Wenn man sich auf Illusionen spezialisierte, mußte man sehr sorgfältig beobachten, was wirklich ist. Und er hatte in den vergangenen Monaten viel zu beobachten gehabt.

Er hatte die Veränderungen in der Stadt gesehen. Und er wußte, daß Henry Stauf hinter all dem steckte.

Temple sah abermals die Karte und den sehr persönlichen Brief auf dem Frisiertisch an. Es überraschte ihn nicht im geringsten, daß er Stauf ebenso aufgefallen war wie Stauf ihm. In gewisser Hinsicht waren sie Brüder, denn sie bewegten sich beide in jenen Gefilden gerade jenseits der Grenze des Realen. Um ehrlich zu sein, hatte Temple etwas wie diese Einladung schon seit einiger Zeit erwartet – seit Henry Stauf verschwunden war.

Temple war Zeuge gewesen, wie Stauf von einem einfachen Handwerker zum reichsten Mann der Stadt geworden war.

Und er hatte es mit all diesen merkwürdigen Spielzeugen geschafft – Spielzeugen, die Macht besaßen. Irgendwie war Stauf der Überträger jener Macht, das Tor zwischen dieser Welt und – irgendwo anders. Temple wollte keine Erklärung einfallen. Das war keine gewöhnliche Zauberei. Während Temple nur vermutete, daß solche Dinge existierten, lebte Stauf sie.

Je mehr Temple über Stauf erfuhr, desto aufgeregter wurde er. Kein normaler Mensch besaß solche Macht. Das waren keine Taschenspielertricks. Diese Magie konnte bewirken, daß jemand neu geboren wurde.

Hamilton Temple hatte sein Leben weitestgehend auf der Straße verbracht, ein Leben erfüllt von Illusionen, und er glaubte nicht an viel. Aber er glaubte an Henry Stauf.

Er nahm seinen Mantel und trat aus der Tür. Die Gäste wurden um 19 Uhr im Stauf-Haus erwartet. Temple mußte sich langsam sputen.

Er wollte um nichts in der Welt zu spät kommen. Was immer heute abend geschehen mochte, Hamilton Temple wußte, es würde seine letzte Chance sein.

II

»Eine Tragödie«, raunten die Bürger der Stadt.

Stauf hörte ihnen zu, während er hinten in seinem Laden saß und die letzten Feinarbeiten an einem Spielzeugrevolver erledigte, eine Miniaturreplik des Revolvers, den er weggeworfen hatte. All das war nur wenige Monate her, aber es kam Stauf vor, als wäre es in einem anderen Leben gewesen.

Drei gutgekleidete Frauen standen am anderen Ende des Ladens und unterhielten sich in einer Lautstärke, die nur die Hälfte ihrer Worte an Staufs Ohren trug.

»... so plötzlich ...«, murmelte die eine.

»... wird nicht damit fertig ...«, pflichtete eine andere bei.

»... seine einzige Tochter ...« fuhr die erste fort.

»... und, daß, wo seine Frau ...«, fügte die dritte im selben kummervollen Tonfall hinzu.

Dieser Tage hatte Stauf sich weitestgehend aus dem Laden zurückgezogen. Er hatte eine junge Frau eingestellt, die sich um das Geschäft kümmerte. Sie lächelte und begrüßte die Kunden, damit er es nicht tun mußte. Sie war ein hübsches junges Ding und konnte gut mit Kindern umgehen. Und sie trug immer diese schamlos kurzen Röcke, für die die jungen Leute ein solches Faible hatten. Früher einmal hätte Stauf mehr von ihr gewollt, als den Laden in ihre Hände zu geben.

Doch jetzt hatte er nur noch Zeit für die Spielzeuge.

»... So schnell ...«

»Genau wie beim Sohn des Bäckers ...«

Das Mädchen stand dicht bei den tuschelnden Frauen. In Stauf wuchs das Gefühl, daß er sich diesen Klatsch anhören sollte.

Er winkte die Ladengehilfin zu sich an die Werkbank.

Sie sah stirnrunzelnd zu ihm hinüber und zögerte einen Moment, bevor sie zu ihm ging, als hätte sie ein wenig Angst vor ihm. Das war Stauf nur recht. Je mehr Menschen Angst vor ihm hatten, desto besser.

»Stimmt etwas nicht?« fragte er leise, als sie endlich an seine Werkbank trat.

»Es ist schrecklich, Sir«, antwortete sie. »Die Tochter des Barbesitzers, die kleine Karen – sie ist tot.«

»Tot?« erwiderte er und unterdrückte den Wunsch zu grinsen. Er hatte schon seit einiger Zeit erwartet, daß so etwas geschehen würde.

»Die Frauen sagen, es sei sehr schnell gegangen«, fuhr die Ladengehilfin fort. »Sie sagen, sie hätte bis zum Ende ihre Stauf-Puppe umklammert.«

Stauf nickte. Auch das hatte er erwartet.

»Andere Kinder sind auch krank. Es ist ganz furchtbar.«

»Denkst du, alle kranken Kinder haben Stauf-Spielzeug?« fragte er.

Sie sah ihn verwirrt an. »Was für eine sonderbare Frage, Sir. Aber ich denke, wohl so gut wie jedes Kind in der Stadt hat wenigstens eins Ihrer Spielzeuge.«

Stauf nickte abermals, dann fuhr er in seiner Arbeit fort.

Schließlich war es genauso gekommen, wie die Stimmen es gewollt hatten.

Kinder starben, viele Kinder, wohl jeder dritte Junge und jedes dritte Mädchen in der Stadt. Aber welche Rolle spielte das, wenn es Stauf der Wahrheit näher brachte?

Er wußte jetzt, daß jedes Spielzeug ein Handel war. Stauf baute sie, um das Leben der Menschen zu vervollkommnen. Und wenn diese Menschen erst einmal etwas bekommen hatten, dann mußten sie auch etwas als Gegenleistung geben. Die Stimmen verlangten das.

Die Jungen und die Schwachen bezahlten oft mit ihrem Leben. Die Stimmen waren hungrig. Und je mehr die Stimmen Stauf zu fertigen aufgaben, desto mehr brauchten sie.

Sie brauchten mehr, und sie kamen immer näher. Jeder Handel brachte sie dichter an Staufs Laden heran, so nah, daß Stauf das Gefühl hatte, sie im Dunkeln zu berühren.

Die Stimmen waren nun so nah, daß es in dem kleinen Spielzeugladen langsam etwas eng wurde. Die Ladengehilfin war eines Nachmittags weggelaufen und weigerte sich zurückzukommen, gab vor, auch sie wäre krank. Als Stauf am Telefon mit ihr sprach, konnte er nur ihre Angst hören.

Stauf erkannte, daß sein kleines Geschäft nicht mehr genügte. Er brauchte einen besseren Platz für seine Spielzeuge. Er mußte ein Haus bauen. Die Stimmen wollten das. Die Stimmen brauchten das. Das Haus würde den Stimmen ein Heim geben, einen Ort, wo sie sich Stauf zeigen konnten.

Aber in gewisser Hinsicht würde das Haus das größte Spielzeug von allen sein. Stauf wußte jetzt, daß all seine Spielzeuge und Puppen sowohl Leben als auch Tod bargen. Stauf würde auch sein neues Haus mit Spielen füllen. Aber in diesen neuesten Spielen würde der Tod ein wenig näher sein.

Die Stimmen riefen Stauf, flehten in seinen Träumen, flüsterten ihm aus den dunklen Winkeln des Ladens zu, brüllten ihn mit jedem Schlag eines Hammers oder Durchziehen einer Säge an. Obgleich die Stimmen keine Worte hatten, wie Stauf sie kannte, wußte er trotzdem, was sie sagten.

Gib uns das Haus, riefen sie. *Gib es uns, und wir werden uns erkenntlich zeigen.*

Und Stauf würde tun, was sie sagten. Denn während er noch den Weg bereitete, wußte er, was immer die Stimmen verlangten, das Haus würde ihn beschützen.

Stauf wußte, daß dieser Teil seines Werks zu Ende ging.

Die Kinder starben, und die armen Bürger der Stadt waren gepeinigt von dem Grauen so vieler Beerdigungen; so vieler kleiner Särge.

Und dennoch war es, in einem weit größeren Rahmen betrachtet, nur der Anfang.

Schon bald begann der Bau der Stauf-Villa. Geld spielte keine Rolle, und die Bautrupps benutzten Staufs eigene sonderbare Pläne, um seine bizarre Vision Wirklichkeit werden zu lassen. Kein Bautrupp sah je den gesamten Plan. Keiner erkannte, daß es sich um kein gewöhnliches Haus handelte, oder argwöhnte, daß die Summe seiner Einzelteile den Rahmen für ein beinahe grenzenloses Potential des Bösen bildeten.

Die Arbeit ging schnell, vorangetrieben von Horden von Handwerkern, die Tag und Nacht schufteten, unterstützt von Staufs scheinbar unerschöpflichen Geldmitteln und vielleicht – in einer Weise, die Stauf selbst eher vermutete denn beweisen konnte – angespornt von einem Unfall, der das Leben eines der Bauarbeiter forderte. Ein Mann war vom Turm des Hauses auf die kalte Erde und in den sofortigen Tod gestürzt.

Solche Dinge geschehen, wie der Vorarbeiter Stauf beinahe entschuldigend erklärte.

Ja, pflichtete Stauf bekümmert bei. Solche Dinge passieren immer wieder.

Als sich das Haus der Vollendung näherte, machte Stauf seinen Spielzeugladen zu. In der letzten Zeit war er sowieso nur noch hin und wieder geöffnet gewesen. Die Leute dachten nicht mehr an Spielsachen; nicht, wenn eine schreckliche Krankheit das Leben ihrer Kinder forderte.

Experten aus New York kamen angereist, um die Krankheit zu diagnostizieren und den tragischen Todesfällen ein Ende zu setzen. Die Lokalzeitung berichtete darüber, daß sie die Toten und die Sterbenden untersuchten, daß sie Blut- und Urinproben nahmen, daß sie das Problem von allen Seiten beleuchteten.

Aber das war auch alles, was sie tun konnten. Stauf wußte, daß sie keine Antworten finden würden. Zumindest keine, die sie verstanden.

Als das Haus fertig war und Stauf den letzten Handwerker bezahlt hatte, erschien eine schlichte Bekanntmachung in der Zeitung:

Staufs Spielzeugladen schließt für immer seine Pforten.

Und Stauf verschwand.

Einige Leute nahmen an, daß er die Stadt verlassen habe, um in der Welt herumzureisen. Vielleicht lebte er auch als Einsiedler in seiner Villa, verzweifelt darüber, daß so viele Kinder starben, lautete eine andere Theorie. Ein Mann wie Stauf mußte Kinder geliebt haben.

Oder vielleicht hatte er einfach genug Geld gemacht und der Welt den Rücken gekehrt.

Natürlich konnte niemand die Wahrheit ahnen. Selbst Stauf wußte nicht, worauf er eigentlich wartete.

Aber er wußte, die Stimmen würden ihn nicht lange warten lassen. Er würde endlich seinen Lohn erhalten, wenn die Stimmen ihm erst sagten, was sie wirklich wollten.

12

Er blickt hinauf zu dem Haus, dem Haus, wo Menschen sterben. Er hat schließlich die Gerüchte gehört.

Eine Kleinstadt lebt von Gerüchten. In dieser Stadt haben die meisten Gerüchte mit Henry Stauf zu tun.

Das Haus, das Henry Stauf gebaut hat, steht nun verlassen da, ganz oben auf dem höchsten Hügel der Stadt. Es ist ein riesiges Gebäude, die Art von Haus, die es wert wäre, Villa genannt zu werden, wenn es nur in einem besseren Zustand wäre. Mauersteine sind aus dem Schornstein gebrochen; das Holz entlang des Verandageländers wölbt sich. Selbst ein Teil des Hügels ist weggebrochen, so daß das Haus nun an einem Steilhang steht.

Einige Leute schwören, sie hätten Licht in den oberen Fenstern gesehen, als sie am alten Stauf-Haus vorbeigingen, aber das könnten die Spiegelungen des Mondes gewesen sein. Einige Leute, die in der Nähe wohnen, schwören, sie würden Geräusche hören, aber das ist vielleicht nur der Wind oder der Schrei irgendeines Nachttiers aus dem überwucherten Garten der Villa.

Doch manchmal klingen die Geräusche wie Schreie.

Er blickt zu dem Haus auf, und es wird ihm vage bewußt, daß er hier schon oft gestanden und über das Haus, über Stauf und über seine Spielzeuge nachgesonnen hat.

Er denkt an die Kinder, die gestorben sind, und für einen Moment kommt das Gefühl in ihm auf, daß es etwas mit Stauf und seinen Spielsachen zu tun hatte.

Aber hauptsächlich sind es Fragen, die ihn beschäftigen: Hat das Haus immer schon so ausgesehen? Sicher, auch wenn die Mauersteine vor einer Ewigkeit einmal leuchtend rot gewesen sein müssen, das Holz poliert und die Farbe frisch. Doch irgendwie scheint dieser langsame Verfallsprozeß der natürliche Zustand des Gebäudes zu sein.

Hat Stauf sich jahrelang in dem Haus versteckt, ein verstörter alter Einsiedler? Oder sind erst Tage vergangen, seit er seinen Spielzeugladen geschlossen und seinen Puppen und Geduldspielen den Rücken gekehrt hat?

Aber vielleicht ist auch dieses Haus ein weiteres Geduldspiel.

Wie lange ist es her, seit die Kinder gestorben sind? Wie lange, seit Stauf verschwunden ist? Gott, wie lange hat er dieses Haus angestarrt, hat er vor der verfallenen Villa gestanden und an den Kinderreim über Stauf gedacht, hat nachgesonnen und sich an etwas erinnert, das vor langer Zeit geschehen ist...

Oder vielleicht ist es noch gar nicht passiert...

Die Kinder, die noch am Leben sind, werden von diesem Haus magnetisch angezogen. Sie versammeln sich Tag für Tag vor dem schmiedeeisernen Tor der Villa, als wüßten sie etwas, über das sonst niemand sprechen wollte; als wüßten sie, daß alle Gerüchte der Wahrheit entsprachen.

Er lauscht, und er kann sie singen hören:

»Der alte Stauf, der hat ein Haus,
Gefüllt mit Spielzeug, schön und fein.
Sieben Gäste kamen des Abends zum Schmaus,
Jetzt hört man nur noch ihr Wimmern und Schrei'n.«

Sieben Gäste. Sieben Einladungen.

»Blut überall in der Bibliothek,
Blut in der Halle, der Küche, dem Flur,

Blut weist zum Dachboden rauf den Weg,
Wo der letzte Gast zur Hölle fuhr.«

Es ist das Kinderlied. Er kennt den Text so gut, daß er mitsingen könnte.

»Nicht einer der sieben kam wieder heraus,
Keinem ist die Flucht geglückt.
Doch der alte Stauf, der lauert im Haus,
Grausam, verderbt und verrückt.«

Er kennt es auswendig. Aber woher?
Fast kann er sich erinnern.

13

Martine Burden ging voran, und die anderen folgten. Sechs Menschen erklommen den steilen Weg und die steilen Stufen, um sich vor der riesigen Eichentür mit dem Buntglasfenster zu versammeln.

Martine trat vor und zog an einer Kordel, die neben der Tür herabbaumelte. Die blaue Kordel sah aus, als wäre sie einstmals sehr elegant gewesen, aber nun schien sie ein wenig abgegriffen. Trotzdem, ausgefranst oder nicht, irgendwo im Haus sollte jetzt eine Glocke läuten. Martine lauschte, während sie ein zweites Mal an der Kordel zog, aber es drang kein Laut aus dem Innern der Villa.

Die Haustür blieb geschlossen.

»Vielleicht werden wir gar nicht erwartet«, sagte jemand hinter ihr. Martine drehte sich um und sah Elinor Knox, die sich nervös an ihren Mann drückte. Wovor konnte sie nur solche Angst haben?

»Vielleicht sollte jemand klopfen«, bemerkte Julia Heine trocken; sie stand neben den Knoxes.

»Hier«, meldete sich der Jüngste der drei männlichen Gäste freiwillig. Er trat vor, bevor Martine sich wieder zur Tür umdrehen konnte. »Lassen Sie es mich versuchen.«

Das war Brian Dutton, ein Geschäftsmann in den Dreißigern. Alle sechs hatten sich einander vorgestellt, bevor sie den steilen Weg erklommen hatten, aber Martine mußte immer noch einen Moment überlegen, um die Namen nicht durcheinanderzubringen.

Dutton klopfte nachdrücklich an den hölzernen Teil der großen Tür, während Martine die Gelegenheit nutzte, das riesige Buntglasfenster zu studieren, das fast die ganze obere Hälfte der Tür einnahm. Es war schwer, irgendwelche Einzelheiten des Musters auszumachen, da im Innern des Hauses kein Licht brannte.

Niemand kam an die Tür, kein einladendes Licht ging an. Vielleicht hatte Elinor Knox recht und sie wurden gar nicht erwartet. Vielleicht war das alles nur irgendein Streich, den ihnen jemand gespielt hatte. Vielleicht war Henry Stauf tatsächlich tot, wie die Gerüchte besagten.

»Wenn ich eins im Geschäftsleben gelernt habe, dann ist es, beharrlich zu sein«, verkündete Dutton und klopfte noch nachdrücklicher. Er lächelte Martine an. Auf seine Art war er ein attraktiver Mann, obgleich die affektierte Weise, wie er sich kleidete, und der Gehstock, den er bei sich trug, Martine irgendwie abstieß.

Nein. Sie wußte genau, was es war. Es war sein Gebaren, die arrogante Art, wie er auf die anderen herabsah, seine *Ich-bin-was-Besseres-und-ich-kann-alles*-Art vorzutreten und an die Tür zu klopfen. Martine kannte diese Haltung, und mußte sich eingestehen, daß sie sie einmal sehr attraktiv gefunden hatte.

Brian Dutton erinnerte sie stark an Siegfried. Sie war einmal von einem solchen Mann verlassen worden. Sie würde den gleichen Fehler nicht zweimal machen.

Niemand kam an die Tür.

Offenkundig hatte Stauf vor, sie warten zu lassen.

»Hier«, sagte Hamilton Temple von ganz hinten in der kleinen Gruppe. »Ich habe einige Erfahrung mit Trickschlössern und ähnlichem. Lassen Sie es mich versuchen.«

Trickschlösser? Martine unterdrückte ein Lachen. Was glaubte Mr. Temple denn in diesem Haus zu finden?

Sie fragte sich, was Stauf überhaupt von einem exzentrischen alten Mann wie Temple wollte. Sie wußte, daß er einmal vor sehr langer Zeit als Zauberer aufgetreten war. Auch heute abend war er wie einer angezogen. Was wollte er eigentlich mit dem Umhang und dem Turban beweisen?

Temple drängte sich an den anderen vorbei und drückte ein Panel in der Mitte der Tür. Die Tür schwang auf.

Martine war gegen ihren Willen beeindruckt. Mr. Temple könnte sich noch als sehr nützlich erweisen. Zu schade, daß er so alt war.

Als Martine eintrat, erwartete sie halb, einen Türsteher zu sehen, vielleicht einen Diener, der Anweisung erhalten hatte zu warten, bis wirklich alle Gäste eingetroffen waren, bevor er die Tür öffnete.

Aber die Eingangshalle war verlassen. Schlimmer noch, sie war nicht sonderlich sauber. Alles – Möbel, Teppiche, Gemälde, selbst die Lampenfassungen – war mit einer dünnen Staubschicht bedeckt. Spinnweben schimmerten im fahlen Lichtschein, den die staubverkrusteten Glühbirnen spendeten. Nicht, daß das Licht alle Ecken erreichte. Ein Großteil der Halle lag im Dunkeln.

Henry Stauf hielt offensichtlich nicht viel davon, für Besuch aufzuräumen.

»Meine Güte, wie gemütlich«, bemerkte sie bissig.

Sie trat für die Knoxes beiseite, die ihr folgten. Elinor Knox klebte buchstäblich an ihrem Mann, ihre Hände in sein Jackett geklammert. Edward Knox seinerseits schien es zu genießen, als Beschützer seiner Frau zu fungieren. Manchmal wünschte Martine, sie könnte sich auch so auf jemanden verlassen.

Elinor Knox spähte schüchtern aus dem Schatten ihres Mannes. »Eddie«, sagte sie leise, »ich weiß nicht, ob es richtig war, hierherzukommen.«

Edward Knox erinnerte Martine an einen Hahn, der einen Hühnerstall beschützte. »Warum?« fragte er schroff. »Nur weil es ein unheimliches altes Haus ist? Mach dir keine Sorgen. Ich bin hier, um auf dich achtzugeben.«

»Was für eine Bruchbude!« rief Julia Heine aus, als sie durch die Tür trat. »Ich hatte von Mr. Stauf mehr erwartet.« Martine fragte sich, warum es dieser ältlichen Frau so wichtig war, eine solche Schau zu machen. Nach ihrer schon recht abgetragenen Kleidung zu urteilen, hatte Julia Heine bereits etliche Zeit keinen Anteil mehr am feineren Leben gehabt.

Brian Dutton rümpfte die Nase und lehnte sich auf seinen Stock. »Und es stinkt auch! Was hat Stauf denn hier bloß getrieben?«

In dem Moment, als Dutton es erwähnte, bemerkte auch Martine den Geruch. Ein leichter Gestank, eine Atmosphäre des Verfalls, so allgegenwärtig wie der Staub.

Hamilton Temple blickte zurück zu dem Buntglasfenster, als die Tür hinter ihnen zuschlug.

»Es ist ein Rätsel!«

Martine brauchte einen Moment, um zu erkennen, daß Temple das Buntglasfenster selbst meinte, ein kompliziertes Muster, das sie nicht ganz verstand. Stauf hatte also auch sein Haus mit seinen Spielzeugen und Rätseln gefüllt. Martine stellte sich vor, daß das ganze Haus voller Überraschungen wäre.

Schließlich hatte sich die Tür ohne Hilfe von Mr. Temple geschlossen.

Brian Dutton ging durch die Eingangshalle und probierte alle Türen. Die erste war verschlossen. Zuerst hatten sie nicht ins Haus gelangen können. Und nun waren alle anderen Türen verschlossen, so daß sie in der Eingangshalle gefangen waren? Das war schon eine verdammt merkwürdige Art, geladene Gäste zu behandeln.

Aber die nächste Tür ließ sich mühelos öffnen. Dahinter lag ein elegantes Eßzimmer. In der Mitte stand ein gedeckter Tisch aus dunklem Kirschbaumholz. Vielleicht werden wir ja doch erwartet, dachte Dutton bei sich.

Es waren sieben Teller aufgedeckt, mit sieben Umschlägen. Jeder Umschlag trug Initialen – H. T., M. B., J. H. – in enger Handschrift, dieselbe Schrift, die Dutton auf seiner Einladung gesehen hatte. Er fragte sich, ob es wohl Staufs Handschrift war; er hätte angenommen, daß jemand, der solche wunderbaren Spielzeuge machte, müsse eine auffälligere, schönere Schrift haben.

Sieben Umschläge für sechs Gäste; war der letzte Umschlag für Stauf selbst gedacht? Dutton ging am Tisch entlang und sah sich dabei die Umschläge an: E. K., Mrs. E. K. und B. D.

Dieser Umschlag war also für ihn bestimmt. Der siebte Umschlag lag auf dem Gedeck am Kopf der Tafel. Aber jener Umschlag trug überhaupt keine Initialen. Er war völlig unbeschrieben.

Dutton blickte auf, als er die anderen hereinkommen hörte. Elinor und Edward Knox sahen die Umschläge auf den Tellern. Elinor griff nach dem, der an sie adressiert war.

»Ich vermute, die Party hat begonnen«, feixte Dutton.

Knox nickte und sah sich nervös im Zimmer um. Er wirkte ebenso unglücklich, wie Dutton sich fühlte.

Aber warum das Unausweichliche hinauszögern? Dutton nahm den Umschlag mit seinen Initialen. Dann zog er sich wieder in die Eingangshalle zurück, um etwas mehr Ruhe zu haben. Er holte den Briefbogen aus dem Umschlag und faltete ihn eilig auseinander. Es schien eine persönliche Botschaft von Stauf zu sein.

Während er las, konnte er beinahe hören, wie der alte Stauf die Worte sprach.

> Sehr geehrter Mr. Dutton! Willkommen in meinem Haus. Die Bedingungen sind einfach. Sie werden die Nacht als mein Gast in diesem Haus verbringen. Als Gegenleistung werde ich Ihnen Ihren größten Herzenswunsch erfüllen. Und Sie wissen doch, welcher das ist, nicht wahr, Mr. Dutton? Aber eins verlange ich von Ihnen – einen besonderen Dienst, eine Aufgabe, die ich speziell für Sie ersonnen habe.

Woher konnte Stauf irgend etwas über Dutton wissen? Die beiden waren sich nie begegnet. Aber dieser »Dienst«, den er erwähnte – Stauf mußte einen besonderen Grund gehabt haben, Dutton einzuladen. Und er mußte gewußt haben, daß Dutton kommen würde.

Nun, warum nicht? Henry Stauf war ein reicher Mann. Und reiche Männer konnten überall Augen und Ohren haben, besonders in einer Kleinstadt wie dieser, wo jeder zumindest ein wenig über die anderen wußte. Stauf konnte so einiges über Dutton erfahren haben, wie zum Beispiel die Tatsache, daß er Geschäftsmann war und wie er seine Geschäfte machte. Vielleicht wußte Stauf sogar, wie er zu einem Gewinner geworden war.

Dutton betrachtete stirnrunzelnd den Brief. Er wünschte, die Karten wären etwas gerechter verteilt. Er hätte sich bedeutend besser gefühlt, wenn er ein wenig mehr über Henry Stauf gewußt hätte.

Seine Überlegungen wurden von Julia Heines Gelächter gestört. Sie schien irgend etwas sehr komisch zu finden. Dutton fragte sich kurz, welchen Wert eine in die Jahre gekommene Heuchlerin wie sie für Stauf haben mochte. Die High Society-

Gespielin, dieser überhebliche Knox und seine verschüchterte Frau, der abgehalfterte Zauberer – warum hatte der Spielzeugmacher eine solch seltsame Mischung von Gästen eingeladen?

Wenn es eine Antwort darauf gab, war sie vielleicht in dem Brief verborgen. Er las weiter:

Ein Gast ist noch nicht eingetroffen, ein Gast, der nichts mit Ihnen sechs gemein hat. Ein ganz besonderer Gast. Ihr Dienst dreht sich um diesen Gast. Sie mögen sich fragen, was für ein Dienst das ist. Aber genau darin besteht das Spiel, Mr. Dutton. Das ist das Rätsel, das ich Ihnen stelle. Mehr sage ich Ihnen nicht, Mr. Dutton. Morgen früh wird nur einer der Gäste das Haus verlassen, nachdem sein oder ihr Herzenswunsch erfüllt wurde.

Der Brief war unterschrieben mit: »Ihr Gastgeber, Henry Stauf.«

Es gab also einen geheimnisvollen Gast und einen noch geheimnisvolleren Dienst, den er zu erfüllen hatte? Das hier waren keine Antworten, nur noch mehr verrückte Fragen.

Hinter ihm hallte Julias Gelächter.

Dutton blickte zurück ins Eßzimmer. Die anderen hatten sich jetzt alle dort versammelt. Er hielt es für besser, sich auch wieder zu ihnen zu gesellen.

Er ging zurück ins Eßzimmer. »Ich vermute, unser Gastgeber möchte, daß wir uns selbst bedienen.«

Julia hatte sich schon beim Wein bedient. Das allein mochte als Grund ihres Gelächters genügen.

Sie leerte ihr Glas und schnitt eine Grimasse. »Ich hab schon besseren getrunken.«

Oft, nahm Dutton an.

Temple hielt seinen Umschlag hoch. »Wenigstens hat er sein Bedauern ausgedrückt …«

Martine Burden wedelte mit ihrem Umschlag unter Edward Knox' Nase.

»Ich zeige Ihnen meins, wenn Sie mir Ihres zeigen.«

Edward Knox sah die gutgebaute Frau an und Schweißperlen traten ihm auf die Stirn.

»Ich w-w-weiß nicht.«

Elinor starrte eine Torte auf dem Tisch an, eine Torte, die Dutton zuvor nicht bemerkt hatte. Wie war die hierhergekommen? Vielleicht hatte einer der anderen sie aus der Küche hereingetragen. Oder vielleicht bewegte sich Henry Stauf hinter den Kulissen und trug Torten und andere Dinge umher, wenn niemand hinsah. Nein, überlegte Dutton, es mußte eine andere Erklärung geben. Es war nur diese verrückte Botschaft in seiner Hand; sie verursachte ihm eine Gänsehaut.

Elinor nahm eine Karte hoch, die neben der Torte lag.

»Hier steht, daß wir uns alle ein Stück nehmen sollen – genau gleich groß, mit genau denselben Symbolen.«

Dann war dies wohl das erste der Rätsel, die Stauf in seinem Brief erwähnt hatte. Die Torte war mit winzigen Schädeln und winzigen Grabsteinen verziert – offenkundig Staufs Vorstellung von einem Scherz –, die anscheinend wahllos verteilt waren. Das war also eins der Rätsel? Und sie mußten es lösen. Warum? Um ihren »Herzenswunsch« erfüllt zu bekommen, wie Stauf es genannt hatte. Dutton war nicht ganz sicher, was sein Herzenswunsch sein würde. Es sei denn Geld. Geld war etwas, das Dutton immer gebrauchen konnte, um endlich aus der Tretmühle des Geschäftslebens aussteigen zu können.

Ein Mann wie Stauf konnte Millionen versteckt haben. Und sie mußten mitspielen, bis der verrückte Millionär entschied, sich ihnen zu zeigen oder den Gewinn zu enthüllen.

Bei diesem Einsatz war Dutton bereit mitzuspielen, zumindest für den Moment. Es sah aus, als wären die anderen ebenfalls dazu bereit.

»Jedes Stück gleich groß?« Julia Heine blickte stirnrunzelnd auf die Symbole, die auf der Torte verteilt waren. »Das ist unmöglich.«

Dutton konnte ihr nicht zustimmen. Die Symbole schienen eine seltsame Ordnung zu haben. Nein, nicht unmöglich. Nur sehr, sehr schwierig.

Hamilton Temple griff nach einem Messer. »Ich glaube, ich habe die Lösung.«

Langsam und methodisch schnitt er sechs Stücke so heraus, daß sie alle dieselben Symbole trugen, dann legte er nacheinander die seltsam geformten Stücke auf die Teller.

Aber was sollte dieses Rätsel bedeuten? Und was würde Stauf ihnen als Gegenleistung geben?

Wenn dies ein Hinweis auf die Spiele war, die Stauf für sie vorbereitet hatte, dann würde es wirklich eine sehr lange Nacht werden.

14

Elinor reichte es jetzt. Sie brauchte ein bißchen Ruhe und einen Ort, um nachdenken zu können. Sie ging in die Küche, um einen Moment allein zu sein.

Sie hatte von Anfang an ein schlechtes Gefühl bei dieser Party gehabt. Manchmal konnte sie Dinge spüren, wie damals, als Tante Bertha ihren Unfall hatte, oder an dem Tag, als die Nachbarn unerwartet in den Genuß einer Erbschaft gekommen waren. Sie hatte in beiden Fällen Ahnungen gehabt, bevor es geschehen war – »ihre Anwandlungen«, wie ihr Mann es nannte. Sie wußte, daß Eddie es nicht verstand und manchmal kaum ertragen konnte, daß er es für irgendein »Frauenleiden« hielt. Aber Elinor respektierte ihre Ahnungen, hörte auf sie. Und ihre Ahnungen waren nie so stark und dunkel gewesen wie in diesem Moment.

Was hatte das zu bedeuten? Sie wußte nur, daß schon sehr bald etwas Schreckliches geschehen würde.

Sie bemerkte, daß sie immer noch den Umschlag mit ihren Initialen darauf in der Hand hielt. Vielleicht würde sie einen Hinweis erhalten, wenn sie den Brief las:

Wenn alle sieben Gäste versammelt sind, müssen Sie herausfinden, was ich will. Das ist ein Rätsel, Mrs. Knox.
Aber denken Sie immer daran, allen anderen Gästen wurde dieselbe Aufgabe gestellt. Es könnte alles davon abhängen, wer das tiefste Verlangen besitzt. Oder wer der Tapferste ist.
Im ganzen Haus sind Hinweise darauf verteilt, was getan werden muß. Es wimmelt sozusagen vor Hinweisen.
In der Hoffnung, Sie persönlich kennenzulernen, verbleibe ich

Ihr Gastgeber,
Henry Stauf.

»Das Haus wimmelt vor Hinweisen.« War es das, was sie spürte? Der Brief schien ebenso verrückt wie der Rest des Hauses. Wenn ihr Eddie nicht so dringend hätte herkommen wollen, dann hätte sie niemals auch nur einen Fuß an einen solchen Ort gesetzt.

Aber sie hatte die Veränderung an Eddie bemerkt, an diesem Tag, als er die Einladung erhalten hatte, eine Veränderung, die nur sehr wenig mit der Party zu tun hatte, wie Elinor vermutete. Obgleich ihr Mann selten darüber sprach, wußte sie doch, daß er nicht sonderlich gut mit Geld umgehen konnte. Und er verwöhnte sie so!

Sie sollte ihm wirklich sagen, daß er ihr nicht all diese teuren Dinge kaufen solle. Auf ihre Art trug Elinor ebenso die Schuld an ihrer finanziellen Misere wie er. Sie hatte immer vorgehabt, Eddie einmal ernsthaft ins Gewissen zu reden, aber irgendwie war es nie dazu gekommen.

Was immer auch der Grund sein mochte, Eddie war so aufgeregt gewesen, wie sie ihn noch nie gesehen hatte. Er wollte so unbedingt hierherkommen – als ginge es bei Staufs Party um Leben und Tod –, daß Elinor nicht anders konnte als ihn zu begleiten.

Jetzt dachte sie bei sich, daß sie besser auf ihre Ahnungen hätte hören sollen. Dieser Brief in ihrer Hand war auch kein Trost; sie spürte mehr als zuvor, daß etwas Furchtbares kurz bevorstand. Sie würde auf ihre »Anwandlungen« und ihre Umgebung achten müssen, damit sie dafür sorgen konnte, daß die schrecklichen Dinge nicht Eddie und ihr selbst passierten.

Sie hörte ein Geräusch hinter sich.

Da war eine Tür, am Fuß einer kurzen Treppe. Sie mußte in den Keller führen.

Jemand klopfte.

Vielleicht war dies einer der Hinweise, die Henry Stauf erwähnt hatte, überlegte Elinor.

Vielleicht war dies der fehlende Gast. Vielleicht konnten sie mit ihrer kleinen Party fortfahren, wenn sie erst einmal alle versammelt waren, und hinterher könnten Eddie und sie dann vielleicht zu ihrem normalen Leben zurückkehren.

Sie stieg die Stufen zur Kellertür hinab und drückte die Klinke herunter.

Edward Knox kehrte Martine Burden kurz den Rücken, um sich im Eßzimmer umzusehen. Sie waren für den Moment allein; die anderen waren alle fort, um das Haus zu durchstöbern.

Auch er hatte andere Dinge zu tun. Er mußte so schnell wie möglich Henry Stauf finden und den Mann überzeugen, ihm Geld zu leihen. Wenn der Spielzeugmacher sah, wie verzweifelt Knox war, würde er ihm sicher helfen!

Wenn er dabei versagte, Geld zu beschaffen, würde er seine Hände, seine Arbeit und vielleicht sogar Elinor verlieren. Er mußte das Geld auftreiben. Alles andere war unwichtig.

Nun, vielleicht hatte es noch eine Minute Zeit.

Er seufzte und drehte sich wieder zu der Frau um. Im Moment wollte er nirgendwo anders hinsehen.

Martine Burden musterte ihn über den Rand ihres mittlerweile leeren Weinglases hinweg. Es war etwas beunruhigend, daß eine attraktive jüngere Frau ihm soviel Beachtung schenkte; und er mußte gestehen, daß sie mit ihrem langen dunklen Haar und diesem roten Kleid, das ihre Figur betonte, sehr attraktiv war.

Sie machte einen Schritt auf ihn zu. Knox runzelte die Stirn und wich einen Schritt zurück.

»Keine Angst«, sagte sie mit einem leisen Lächeln. »Ich beiße nicht.«

Er sah sich nervös um, überzeugt, daß Elinor direkt hinter ihm stand. Aber sie war nirgends zu sehen. Es sah ihr gar nicht ähnlich, sang- und klanglos zu verschwinden. Sie konnte nicht weit sein. Er sollte lieber nach ihr suchen. Er blickte auf die paar Tropfen Wein, die noch in seinem Glas waren. Nun, vielleicht konnte das Suchen noch eine Minute warten.

Martine trat einen weiteren Schritt vor. Diesmal wich Knox nicht zurück. Martines Lächeln breitete sich über ihr Gesicht aus.

»Edward«, sagte sie leise. »Wir könnten einander helfen. Ich könnte Ihnen helfen – und Sie könnten mir helfen.«

Knox wußte nicht, was er sagen sollte. Abgesehen von seinen Geldproblemen war sein Leben solide, verläßlich, gleichförmig geworden. Und es beinhaltete nicht mehr, daß junge Frauen so mit ihm sprachen.

Martine stand jetzt sehr nah bei ihm. Ihr Parfüm stieg ihm zu Kopf.

Er lächelte sie an. Er wollte die Hand ausstrecken und ihre Wange berühren, ihre Schulter streicheln. Er wollte Dinge tun, die er seit sehr langer Zeit nicht mehr getan hatte.

Aber was war mit Elinor?

»Wir können uns in einem der Schlafzimmer oben unterhalten«, sagte Martine, als hätte sie seine Gedanken gelesen. »Dort sind wir ganz ungestört.«

Sie wandte sich von ihm ab und verließ das Zimmer. Knox folgte ihr mit seinem Blick, seltsam überrascht und verständlicherweise erfreut darüber, wie Martines Kleid sich beim Gehen an ihre Kurven schmiegte.

Vielleicht konnte Elinor sich eine Weile um sich selbst kümmern.

Vielleicht gab es im Leben noch andere Dinge als Geld.

Der heutige Abend bot Möglichkeiten, die er sich nicht einmal im Traum zu erhoffen gewagt hätte.

Hamilton Temple wußte, daß dieses Haus Geheimnisse barg. Es würde zu Staufs Begeisterung für Rätsel und Spiele passen. Temple erwartete Falltüren, verborgene Nischen, Geheimgänge – die Art von Dingen, die er über und über in seinen eigenen Shows verwendet hatte. Das würde gut zu einem Haus wie diesem mit seinen verschlossenen Türen und seinen zu schmalen Korridoren passen.

Er fand eine Tür, die in ein Musikzimmer führte, in dessen Mitte ein Flügel stand, der wiederum von üppigen Grünpflanzen umgeben war. Die Pflanzen sahen recht exotisch aus; sie stammten eindeutig nicht aus diesem Bundesstaat. Aber andererseits war Temple nie ein Experte gewesen, was Pflanzen betraf.

Auf dem Flügel lagen Noten. Temple würde zurückkommen und sich alles genauer ansehen müssen. Stauf hatte in seinem Brief »Hinweise« erwähnt, und alles in diesem Haus, von den Notenblättern bis zur Erde in den Blumentöpfen, könnte von Bedeutung sein.

Aber im Moment wollte Temple nur so schnell wie möglich so viel wie möglich von diesem sonderbaren Haus sehen und ebensoviel über Stauf erfahren.

Er öffnete eine weitere Tür, die in eine Bibliothek führte. Temple wußte, daß man eine Menge über einen Menschen erfahren konnte, wenn man sich ansah, welche Bücher er las.

Der ganze Raum schien nur aus Regalen zu bestehen, vom Boden bis zur Decke, alle vollgestopft mit Büchern. Die einzige Ausnahme bildeten die Tür, durch die Temple gerade hereingekommen war, sowie ein gewaltiger Kamin und eine zweiflügelige Glastür, die anscheinend in den Garten führte.

Es schien eine beeindruckende Sammlung zu sein, mit einer Reihe von Büchern, die Temple interessierten. Er griff nach *Die Elemente der Magie,* einem höchst vielversprechenden Titel.

Aber es war überhaupt kein Buch. Die ganze Wand war hart und hölzern, das Holz so geschnitzt und angemalt, daß es wie Buchrücken aussah.

»*Trompe l'oeil*«, murmelte er vor sich hin. Es war alles nur Täuschung, eine überzeugende Fassade. Aber eine Fassade bedeutete, daß etwas darunter lag. Was verbarg sich hinter dieser Fassade?

Er ließ seine Hände über die Reihen und Aberreihen falscher Bücher gleiten, bis er Bewegung unter seinen Fingern spürte. Er hielt inne und erkannte, daß hier ein echtes Buch war, eingeschoben zwischen den falschen Buchrücken.

Er zog das Buch aus seiner Nische in der Wand. *Die Taktik des Schach* von Bertram von Hochenberg. Temple schlug es auf und sah Erklärungen von Schachnotationen, dann ein Kapitel über Eröffnungszüge.

Eröffnungszüge. Das sah Stauf, dem Meister der Rätsel und Spiele, ähnlich.

Temple hörte ein Geräusch hinter der Glastür, draußen vor dem Haus. Mit dem Buch in der Hand ging er zur Tür, um einen Blick hinauszuwerfen. Heute stand kein Mond am Himmel. Die bleischwere Wolkendecke hing tief, machte eine dunkle Nacht noch dunkler.

Trotzdem vermeinte Temple zu sehen, wie sich etwas im Zwielicht bewegte.

Er hatte erwartet, daß die Glastür auf einen Patio, vielleicht sogar einen Garten führen würde, mit Statuen und einem Springbrunnen. Die Art von Dingen, die man in diesen traditionellen Gärten fand, wie einen tanzenden Pan oder diese allgegenwärtigen Putten, die ein Vogelbad hielten.

Ein Kichern formte sich tief in seiner Kehle, aber es schaffte es nicht mehr über seine Lippen.

Der Nebel, der wabernde Nebel, nahm in der Dunkelheit Gestalt an.

Temple wich einen Schritt zurück. Das Buch fiel ihm aus den Fingern. Es schlug mit einem dumpfen Klatschen auf dem Boden auf.

Die Gestalt im Nebel kam näher. Sie schien gegen das Glas zu drücken. Sie glitt über die Glasscheiben wie eine riesige Schnecke, bedeckte das Glas mit einer Schleimspur.

Temple wich gegen einen Sessel zurück. Er verlor das Gleichgewicht und plumpste auf das Polster.

Das Ding auf der anderen Seite des Fensters gab einen schmatzenden Laut von sich, so als wäre es hungrig und witterte Nahrung auf der anderen Seite der zu dünnen Scheibe.

Temple hörte ein Stöhnen. Es dauerte einen Augenblick, bis er erkannte, daß der Laut aus seiner eigenen Kehle kam.

Die Türen ächzten, als sich das Ding dagegen preßte, aber für den Moment hielten sie noch.

Temple schauderte und versuchte verzweifelt, seinen Blick auf etwas anderes als die Tür zu richten. Was immer dieses Ding war, es würde kein Entkommen aus dem Haus durch den Garten geben.

Nicht, solange es noch dunkel war.

Elinor öffnete die Tür. Es war niemand dort.

»Hallo?« rief sie zaghaft.

Sie vermeinte, eine antwortende Stimme zu hören. Aber der Laut war sehr leise, als käme er tief aus dem Keller.

War der andere Gast weggelaufen, als sie die Tür geöffnet hatte? Dieses ganze Haus war unheimlich; sie konnte gut verstehen, wenn jemand anders ebensoviel Angst wie sie hatte. Aber die Treppe war beleuchtet.

»Hallo!« rief Elinor. »Ich werde Ihnen nichts tun!«

Sie stieg ein paar Stufen hinunter, während sie auf eine Antwort lauschte. Sie vermeinte, einen Schrei zu hören, hoch und verängstigt, wie von einem Kind.

Sie hatte vor dem Haus schon öfters Kinder spielen sehen. Hatte sich eins ins Haus verirrt? Sie sollte wenigstens bis zum Fuß der Treppe hinuntersteigen und nachsehen.

Die alten Holzstufen knarrten unter ihr, während sie vorsichtig nach unten stieg.

»Hallo?« rief sie abermals. Aber die Antwort schien weiter weg als zuvor.

Als Elinor den Fuß der Treppe erreichte, sah sie zu ihrer Überraschung nicht das übliche Durcheinander eines Kellers, sondern einen langen, schmalen Gang mit einer einzelnen Glühbirne am anderen Ende.

Ein Korridor mit Räumen zu beiden Seiten, dachte Elinor. Es konnte nicht schaden, ihn ein Stück entlangzugehen. Sie fragte sich, ob sich Mr. Stauf hier unten versteckte. Sie wußte, daß Eddie nicht gehen würde, bevor sie ihn getroffen hatten. Wenn sie ihn fand, konnten sie vielleicht ihr kleines Spiel beenden und zu einer gesitteten Zeit nach Hause zurückkehren.

Sie kam zum Ende des Gangs, wo weitere Flure nach rechts und links abzweigten. Sie mußten zu anderen Räumen führen, überlegte Elinor. Vielleicht zum Weinkeller. Oder zu einer Werkstatt; Spielzeugmacher Stauf hatte doch sicher eine Werkstatt.

Oder zu einer Familiengruft.

Sie versuchte, über ihre Dummheit zu lächeln. Es war hier

unten dunkel genug für solche Phantasien. Als sie den Kinderschrei gehört hatte, hatte sie ihre düsteren Ahnungen beinahe vergessen. Jetzt, in einem Moment der Stille, drohten sie, wieder auf Elinor einzustürzen.

Vielleicht sollte sie zurückgehen und einige der anderen holen. Sie könnten den Keller gemeinsam erkunden. Das klang bedeutend sicherer.

Sie hörte ein Scharren zu ihrer Linken. War es das Kind, das sich im Labyrinth der Gänge verlaufen hatte?

»Hallo?« rief Elinor noch einmal und bewegte sich unwillkürlich auf das Geräusch zu. Die Geräusche schienen so nah. Es würde sicher nur eine Minute dauern.

Der Korridor bog abermals nach links ab und endete an einer Wand.

Es war niemand zu sehen, nichts, das die Geräusche gemacht haben könnte.

O Gott, schoß es Elinor durch den Sinn. Hier war irgend etwas Schlimmes im Gang. Die Ahnungen kehrten zurück. Sie sollte Hilfe holen. Sie drehte sich um und ging denselben Weg zurück.

Abermals hörte sie das Scharren, diesmal vor sich. Wie war das möglich? Vielleicht war das hier unten ein Labyrinth, ein weiteres von den Rätseln, auf die Stauf so stolz war. Vielleicht hatte sie ein wenig die Orientierung verloren. Sie würde sehr aufmerksam den Rückweg suchen müssen.

Sie hatte nicht die geringste Ahnung, was dieses Geräusch machte. Vielleicht war es gar kein Kind.

Als sie um eine Ecke bog, streifte ihre Hand die Wand. Die Mauer war feucht. Elinor rieb ihre Finger aneinander. Was immer da aus der Wand sickerte, war auch klebrig. Sie ging den Korridor hinunter zu der einzelnen nackten Glühbirne, um es sich genauer anzusehen.

Das Zeug an ihren Händen war bräunlich-rot. Bräunlichrot wie Blut.

Nein! Sie spürte, wie Panik in ihr aufstieg. Sie mußte hier raus. Elinor begann zu laufen, zurück zur Treppe. Die schlurfenden Schritte waren noch immer vor ihr, aber das kümmerte sie nicht. Sie mußte aus diesem Keller raus.

Sie bog rechts ab und dann noch einmal nach rechts. Müßte der lange Korridor zur Treppe jetzt nicht direkt vor ihr liegen? Wo war sie falsch abgebogen?

Irgend etwas tropfte auf ihr Gesicht und ihre Hände. Blutrote Spritzer.

»Nein!« schrie sie. Aber ihre Stimme wurde von den endlosen Gängen verschluckt.

Wo sollte sie sich hinwenden? Wo sollte sie abbiegen?

Sie fiel auf die Knie. Und spürte etwas hinter sich, etwas, fühlte, wie etwas ihren Knöchel streifte.

Etwas Kaltes und Totes.

15

Es war eine Wette gewesen.

Und eine Wette mußte man annehmen.

Eins der anderen Kinder behauptete, daß keiner den Mumm habe, tatsächlich in das Haus hineinzugehen. Und damit war nicht einfach ein eiliger Schritt über die Schwelle der Haustür gemeint. Nein, richtig umhergehen und sich alles ansehen.

Die obere Etage. Den Dachboden. Den Keller.

Niemand würde sich das trauen.

»Ich tu's«, hatte Tad gesagt.

Im Grunde waren die ganzen Spukgeschichten Quatsch, eben die Sachen, mit denen sich Kinder gegenseitig aufzogen. Er sah zum Haus hoch, während die Sonne hinter den Hügeln versank und das Gras im Vorgarten dunkler wurde und seine Farbe verlor.

Von diesem Blickwinkel aus sah das Haus wie ein riesiger schwarzer Schatten aus.

»Was hast du gesagt?« fragte Billy Dumphy und baute sich Zentimeter vor Tads Gesicht auf, forderte ihn auf, es noch einmal zu sagen. Die Worte verkeilten sich einen Moment lang in Tads Kehle. Irgendwie schien es jetzt, als fordere er dadurch, daß er es wiederholte, das Schattenhaus auf dem Hügel und alles andere in der Nacht darum herum heraus.

»Ich... tu's«, brachte Tad abermals heraus.

»Ach ja, Gorman.« Billys Grinsen verzog sich zu einer höhnischen Fratze. »Klar doch.« Er beugte sich noch näher heran, so daß seine Nase jetzt beinahe die von Tad berührte. »Ich sage, du traust dich nicht. Ich wette, du traust dich nicht. Beweis es uns doch, du Schwulibert. Du hast ja noch nicht mal den Mumm, auf die Veranda zu gehen.«

Tad sah zu den anderen, seinen Freunden, den Jungs, mit denen er Ball spielte. Die Jungs, die Dosenfußball spielten.

Sie alle starrten ihn an. Keiner von ihnen sagte ein Wort. Es lag jetzt bei Tad.

Es war, als stünde er in einem Tunnel mit nur zwei Ausgängen. Er könnte zurücknehmen, was er gesagt hatte, doch dann würden die anderen vermutlich nie wieder mit ihm reden. Oder er konnte es tun. Er könnte in dieses blöde Haus hineingehen.

Billy ließ nicht locker. »Also, wie sieht's aus, Schwulibert?«

Einer der Jungs kicherte. Es wurde immer dunkler. Eine kalte Brise wehte vom See herüber.

Tad hörte andere Stimmen, ein Stück weiter die Straße hoch. Billy gab den anderen ein Zeichen, sich hinter die Büsche zu ducken.

Sechs Leute waren durch das Tor des Stauf-Anwesens gekommen. Sie erklommen den Weg zur Haustür.

Tad spürte einen harten Stoß gegen seine Rippen.

»Da!« rief Billy mit heiserer Stimme, gerade etwas lauter als ein Flüstern. »Du wirst nicht allein sein, Gorman. Da geht ein ganzer Trupp Leute ins Haus.«

Das Haus des alten Henry Stauf. Des Spielzeugmachers. Jeder, den Tad kannte, hatte ein Stauf-Spielzeug zu Hause. Wie kam es dann, daß man nie jemanden in das Haus des alten Stauf hineingehen oder wieder herauskommen sah? Was konnte so schlimm sein an einem Haus, das ein Spielzeugmacher gebaut hatte?

»Also, wie zum Teufel entscheidest du dich, Gorman?« drängte Billy.

»Ich tu's«, hörte Tad sich selbst sagen. Den anderen Kindern stockte der Atem. »Ich sagte, ich tu's ... und ich werde es tun.«

Billy ließ noch immer nicht locker. »Ja, aber die Wette besagt, daß du durch das ganze Haus gehen mußt. Durch alle Zimmer. Nicht nur schnell mal rein- und wieder raushuschen wie ein Hase.«

Tad nickte. Er sah, wie die anderen Leute ins Haus gingen. Ich werde nicht allein sein, ging es ihm durch den Sinn. Es werden noch andere Leute da sein. Ich werde nicht allein sein.

»Mach schon.« Eins der Kinder kicherte. Jemand schubste Tad. »Mach schon.«

Tad stand auf. Der Abendwind drückte ihm sein schweißnasses Hemd gegen den Rücken. Die Kinder hatten sich seit dem Abendessen hier bei der Villa rumgedrückt. Es wurde langsam dunkel. Sein Vater würde ihn bald heimrufen.

Wie lange würde es dauern, sich ein blödes altes Haus anzusehen? Er würde es Billy Dumphy schon zeigen.

Er setzte sich Richtung Haus in Bewegung. Die Stimmen der anderen Kinder verhallten hinter ihm, als er den Weg erklomm. Er meinte, mehr als ein Paar glühender Augen zu sehen, die ihn beobachteten, als er vorbeiging.

Es sind schon andere Leute in dem Haus, sagte er sich im stillen. Wie schlimm kann es sein?

Seine Schritte klangen dumpf, als er die ausgetretenen Stufen der Vordertreppe hinaufstieg. Er konnte nicht einfach zur Haustür hereinmarschieren. Dort waren die sechs Erwachsenen hineingegangen. Er mochte froh sein, daß sie dort drinnen waren, aber er würde lieber rein- und rauskommen, ohne daß sie ihn bemerkten.

Er schwenkte nach links, ging über die Veranda, die sich an der ganzen Länge des Hauses entlangzog. Vielleicht konnte er ein offenes Fenster finden.

Das erste Zimmer, in das er hineinspähte, war ein Eßzimmer mit einer Tafel, die für sieben Personen gedeckt war.

Das nächste Fenster gehörte zur Küche. Ein riesiger Metallkessel stand auf dem Herd. Tad roch etwas, selbst durch die Scheibe. Der Geruch ließ seine Nase jucken. Die Küche war klein, mit einer Speisekammertür auf der einen Seite.

Das Fenster war fest verschlossen, aber unten war eine Stelle, wo ein Stück des Rahmens weggerottet war. Wenn Tad dort seine Finger hineinschieben konnte, könnte er vielleicht von außen des Fenster hochschieben.

Es gelang ihm, die Fingerspitzen beider Hände in die schmale Lücke zu quetschen, so daß er den unteren Fensterrand berühren konnte. Er zerrte, aber das Fenster rührte sich nicht.

Tad holte tief Luft und versuchte es noch einmal. Das Fenster hob sich einen Spaltbreit.

Irgendwo im Haus hörte er Stimmen. Er erstarrte, die Hände noch immer am Fenster.

Die Stimmen entfernten sich.

Er zog noch einmal, und das Fenster hob sich ein paar weitere Zentimeter. Ein dritter Anlauf, und die Öffnung schien groß genug, daß er seinen Kopf hindurchstecken konnte.

Er schob Kopf und Schultern durch die Öffnung, dann stieß er sich mit den Füßen ab, die Arme ausgestreckt, um sich abzustützen, und glitt wie eine Schlange in die Küche.

Hier drinnen war der Geruch aus dem Topf weit stärker. Tad konnte nur mit Mühe ein Würgen unterdrücken. Es roch nach nichts, das er je gegessen hatte – oder je essen wollte.

Er drehte sich wieder zum Fenster um. Er sollte es besser wieder schließen, um keine Spuren zu hinterlassen, daß er im Haus war.

Das Fenster rutschte mit einem Ruck nach unten, bevor er es noch richtig angefaßt hatte. Warum hatte er das Gefühl, daß es sich nicht wieder öffnen lassen würde?

Irgendwo hinter ihm, tiefer im Haus, hörte er eine Frau schreien.

Dutton hörte die Schreie und die antwortenden Rufe, als jemand der Frau zur Hilfe eilte. Dutton war allein. Irgendwie hatten sie sich alle getrennt. Er fragte sich, ob Stauf wohl auch dabei seine Hände im Spiel hatte.

Er kam langsam zu der Überzeugung, daß nichts, was hier geschah, purer Zufall war. Stauf war irgendwo in der Nähe und beobachtete alles.

Stauf würde erwarten, daß alle zu den Schreien liefen. Also ging Dutton in die entgegengesetzte Richtung weiter, durch die Eingangshalle und die Treppe zum ersten Stock hinauf.

Fünf der Zimmer dort oben hatten Namensschilder, eines für die beiden Knoxes und je eins für die übrigen Gäste. Dutton ging mit schnellen Schritten den Flur entlang zu dem Zimmer mit seinem Namen und drückte die Klinke. Wenigstens ließ sich die Tür mühelos öffnen.

Im Zimmer war es stockfinster, und auch das fahle Licht aus dem Flur vermochte kaum, die Dunkelheit zu durchdringen. Dutton tastete an der Wand nach einem Lichtschalter, aber auf der rechten Seite der Tür war keiner. Er bewegte seine Hand nach links.

Und er hörte Musik.

Zuerst ganz entfernt. Ein singender Chor. Doch es schien

mit jeder Note lauter zu werden, so als wäre der Chor irgendwo im Haus und bewegte sich auf Dutton zu.

Konnte der Gesang aus der Eingangshalle kommen? Irgendwie hatte sich die Tür hinter Dutton geschlossen. Er tastete nach der Klinke, aber er konnte weder die Tür noch die Wand noch irgend etwas finden. Er hatte jetzt das Gefühl, mitten in einem riesigen, höhlenartigen Raum zu stehen. Und es klang so, als wäre der Chor dort bei ihm.

Der Chor intonierte eine Art Singsang, in einer Sprache, die Dutton noch nie gehört hatte. Aber wenn sie in diesem Raum um ihn herumgingen, wie fanden sie sich ohne Licht zurecht?

Der Gesang wurde noch lauter. Dutton überlegte zu rufen, die Stimmen wissen zu lassen, daß noch jemand im Raum war. Aber offengestanden war der Gesang so laut, daß er bezweifelte, sich Gehör verschaffen zu können.

Und der Gesang wurde immer noch lauter, unmöglich laut, als wäre der Chor in Duttons Schädel eingedrungen. Sein Kopf pochte im Rhythmus der Musik; die Töne ließen seine Knochen vibrieren; seine Trommelfelle drohten, von der schieren Lautstärke zu platzen.

Was sollte das alles? Das hier klang nicht nach einem der Geheimnisse, von denen Stauf in seinem Brief gesprochen hatte. Dutton hielt sich die Ohren zu, in dem fruchtlosen Versuch, den Schmerz zu lindern. Hatte der Spielzeugmacher seine Gäste nur hierhergelockt, um sie einen nach dem anderen umzubringen?

Dutton schrie, denn der Gesang war jetzt so laut, daß er drohte, seinen Kopf in Stücke zu sprengen.

Und dann sah er Licht, und der Gesang verstummte.

Julia Heine war nach oben gegangen, um sich auszuruhen. Der Wein, wenngleich herb, war sehr stark gewesen. Es schien eine gute Zeit, ihr Zimmer zu suchen und sich ein paar Minuten Ruhe und Frieden zu gönnen.

Aber sie war keine fünf Minuten dort, als sie die Schreie hörte.

Sie saß lange auf dem Bett, bis sie ganz sicher war, daß die Schreie echt gewesen waren. Manchmal führte Alkohol dazu, daß sie Dinge sah und hörte, die gar nicht da waren. Aber die Schreie waren weitergegangen, und so hatte Julia sich aufgemacht, der Sache auf den Grund zu gehen.

Sie mußte nicht weit gehen. Die Schreie kamen aus dem angrenzenden Zimmer. Sie hämmerte gegen die Tür, aber es kam keine Antwort.

Sie stieß die Tür auf und wich einen Schritt zurück, für den Fall, daß auf der anderen Seite Gefahr lauerte.

Aber da war nichts, nichts, außer Brian Dutton, der sich den Kopf hielt, als würde der gleich platzen.

Brian verstummte mitten in einem Schrei und starrte Julia an.

Es war still.

Elinor hatte keine Stimme mehr zum Schreien.

Aber das Blut hörte einfach nicht auf. Es lief an ihr herunter, Tropfen um Tropfen. Ihr Kopf, ihr Kleid, ihr ganzer Körper mußten mit Blut besudelt sein.

»Nein ...« war alles, was sie herausbrachte. »Nein.«

Das Ding hielt ihren Knöchel gepackt.

»Nein!« stöhnte sie.

»Elinor, hör auf! Was jammerst du denn so?«

Sie blinzelte und sah auf. Es war ihr Mann. Edward war gekommen, um sie zu retten! Sie hob die Hände, um ihm das Blut zu zeigen. Aber da war kein Blut. Ihre Hände und Kleider waren klamm, mehr nicht.

Edward reichte ihr seine Hand und zog sie vom Kellerfußboden hoch. Ein weiterer Tropfen – Wasser – fiel auf Elinors Stirn.

»Mr. Temple?«

Er wollte nicht wegsehen.

In dem Moment, wo er seinen Blick von dem Ding abwandte, würde es durch die Glastür brechen und sie alle verschlingen. Oder vielleicht mußte es gar nicht durch die Tür brechen. Vielleicht wartete es nur darauf, durch eine winzig kleine Ritze zu fließen, durch die Spalte um den Türrahmen herum zu gleiten, damit es alles in dem Zimmer dahinter verschlingen konnte.

»Mr. Temple!« sagte die Stimme abermals.

Endlich wandte er den Kopf um und sah die junge Frau, Martine. Sie stand da und starrte ihn an. Aber sie sah nicht im geringsten verängstigt aus. Wenn überhaupt, schien sie amüsiert.

Konnte sie es denn nicht sehen?

»Äh ... Mr. Temple? Ist irgend etwas nicht in Ordnung?«

Er deutete auf die Glastür, außerstande, Worte zu finden.

Er sah wieder zu dem Ding, das gekommen war, um sie alle zu verschlingen. Aber da preßte nichts gegen die Türflügel.

Dort draußen im Garten waberten nur zarte Nebelschleier. Die Türscheiben waren mit winzigen, glitzernden Regentropfen bedeckt.

Da war keine Gestalt, die gegen das Glas drückte. Nichts, außer dem Nebel.

Stauf, schoß es Temple durch den Sinn. Das war der erste seiner Tricks.

Aber es hatte so real gewirkt. So erschreckend.

Zauberei, erkannte Temple. Und er vermutete, daß dies nur der erste Trick von vielen war.

Das Wort »Eröffnungszüge« kam ihm in den Sinn.

Er drehte sich wieder zu Martine Burden um, die lächelnd den Kopf schüttelte, als warte sie noch immer darauf, daß er sie an dem Witz teilhaben ließ.

Als er schließlich wieder sprechen konnte, war seine Stimme kaum mehr als ein brechendes Flüstern.
»Holen Sie die anderen. Wir müssen uns unterhalten.«

Stauf war sehr stolz auf sein Haus. Neben den eleganten Zimmern gab es geheime Eingänge, verborgene Korridore und viele ganz besondere Dinge, alle für diese Nacht bestimmt. Für diese *Party*, korrigierte er sich, denn so hatte es auf seiner Einladung an seine Gäste gelautet. Er hatte ihnen nicht gesagt, daß es eine ganz besondere Party werden würde, bei der nur einer Spaß haben sollte.

Er fragte sich, wie viele seine wahre Absicht erraten würden, bevor sie starben.

Er beobachtete sie jetzt und hörte sie auch, belauschte sie mit Hilfe seiner einzigartigen Spielzeuge. Die Gäste tanzten so bereitwillig nach seiner Pfeife. Er hätte nicht glücklicher sein können, wenn sie Marionetten gewesen wären und er ihre Schnüre gezogen hätte. Auch wenn sie erst vor wenigen Augenblicken ins Haus gekommen waren, wußte Stauf doch schon, daß seine neuen Gäste ihn nicht enttäuschen würden. Schließlich hatte er jeden einzelnen von ihnen sehr sorgfältig ausgewählt.

Sein oberstes Anliegen war es gewesen, Menschen in Notlagen auszusuchen. Diese Information war für einen Mann mit Staufs Mitteln nicht schwer zu bekommen. Noch bevor er die Einladungen überhaupt verschickt hatte, hatte er schon gewußt, daß all seine Gäste verzweifelt waren, jeder auf seine eigene Weise; so verzweifelt, daß sie Staufs Einladung als ein Gottesgeschenk betrachten und ihr begeistert Folge leisten würden.

Und wie machten sich seine sechs Gäste? Er sah von Zimmer zu Zimmer, beinahe so, als würde er eine Speisekarte studieren. Ah, da waren Edward und Elinor Knox – das liebende Paar. Nur, daß Edward so aufgeblasen war, daß er niemand anderen sah, während Elinor in vollkommener Abhängigkeit verharrte und erwartete, daß er ihr alles außer dem Atmen abnahm. Zusammen waren sie die perfekten Opfer, bereit, auf dem Altar geschlachtet zu werden. Schließlich mußte ja jemand den anderen den Weg weisen.

Und wenn das nicht die liebliche Martine Burden war, die da hüftschwingend den Flur hinunterwackelte! Bevor Stauf zu Geld gekommen war, hatten so viele Frauen ihn abgewiesen, ihm ins Gesicht gelacht. Frauen wie die liebliche Martine, behängt mit den Statussymbolen der besseren Gesellschaft. Warum sollten sie auf ihrer Jagd nach Reichtum und Macht auch nur einen Blick auf einen erbärmlichen Hund wie Stauf verschwenden?

Stauf kicherte. Er würde Martine zeigen, was wahre Macht war.

Und war das nicht Brian Dutton – der ultimative Geschäftsmann –, der Martine ins Zimmer folgte? Brian erinnerte sich wahrscheinlich nicht einmal daran, wie er Stauf hatte hängenlassen, als dieser seinen Spielzeugladen eröffnete – Dutton hatte versprochen, so gut wie alle Regale und Apparaturen zu liefern, hatte die Absprache aber nicht eingehalten. Diesmal würde Stauf sicherstellen, daß der Vertrag erfüllt wurde. Stauf hielt immer Wort. Bevor ihre kleine Party zu Ende war, würde er Brian soweit haben, daß er alles verkaufte, selbst seine Seele.

Julia Heine wankte herein. Stauf hatte ein besonderes Faible für Julia. Für ihn war sie so etwas wie das weibliche Gegenstück zu dem Stauf, der er einmal gewesen war, bevor die Stimmen gekommen waren und sein Leben für immer verändert hatten. Er würde sich etwas ganz Besonderes für Julia einfallen lassen müssen, bevor die Party vorbei war.

Und dann war da noch Hamilton Temple, der es mit Illusionen zum Erfolg gebracht hatte. Wie Stauf Temple um die so mühelos scheinende Anmut beneidet hatte, mit der er einst

Dinge erscheinen und verschwinden ließ. Stauf würde ihm seine Magie zu fressen geben. In diesem Haus entschied er, was wirklich war.

Dies mochte die letzte Nacht für seine Gäste sein, aber für Stauf war es erst der Anfang.

16

Hamilton Temple stand mit dem Rücken zu der Glastür, die ihm noch vor wenigen Minuten wie ein Portal für ein Wesen aus einer Alptraumwelt erschienen war.

Nach dem Ausdruck auf den Gesichtern von einigen der anderen zu urteilen, war Temple nicht der einzige, der ein solch beunruhigendes Erlebnis gehabt hatte. Elinor Knox saß dicht neben ihrem Mann. Ihr Gesicht war bleich, und sie sah immer wieder zu Edward. Julia Heine saß in einem Ohrensessel, trank Wein und rauchte Zigaretten, als wären diese beiden Dinge das Wichtigste auf der Welt. Martine Burden tigerte im Raum umher und studierte die falschen Bücherregale. Hin und wieder fand sie ein echtes Buch, das sie dann herauszog und auf den Boden warf. Die Grimassen, die sie schnitt, während die anderen redeten, zeigten, daß sie das ganze für Zeitverschwendung hielt.

Brian Dutton stand am Kamin und erzählte mit leiser Stimme seine Geschichte. »... immer weiter und weiter und weiter, bis es meinen ganzen Kopf ausfüllte. Ich habe oben Gesang gehört – wie von einem verrückten Chor!«

Julia Heine stieß einen bellenden Laut aus, halb Husten, halb Lachen. »Ich habe nichts gehört. Nur Sie – in Ihrem Zimmer. Sie haben geschrien wie ein Irrer.«

Dutton starrte Julia in einer Mischung aus Ärger und Verwirrung an, als wüßte er nicht, was er glauben sollte.

»Und ich habe Blut gesehen«, flüsterte Elinor und umklammerte die Hand ihres Mannes fester.

Ihr Mann zog seine Hand weg. Es war Edward gewesen, der seine Frau gefunden hatte. Nach seinem verächtlichen Gesichtsausdruck zu urteilen, hatte Knox anscheinend kein Blut bemerkt.

Martine blieb kurz stehen und lächelte Knox an. »Wie schrecklich«, intonierte sie.

Knox schüttelte den Kopf und erwiderte ihr Lächeln, als wären sie die beiden einzigen Vernünftigen, die ihre überspannten Gefährten gnädig gewähren ließen.

Temple räusperte sich, um die Aufmerksamkeit der anderen auf sich zu ziehen.

»Und ich ...« begann er. »Nun, ich weiß nicht, wie ich beschreiben soll, was ich gesehen habe.« Er deutete auf die Glastür, als könnte ihm das beim Erklären helfen. »Aber ich bin ziemlich sicher, daß keiner von Ihnen es genauer wissen möchte. Es war zu –«

Julia Heine stand auf und verdrehte die Augen. »Und der Rest von uns hat nicht das geringste gesehen. Wie langweilig.« Sie strich ihren Rock glatt. »Ich schlage vor, daß wir jetzt alle zu Abend essen.«

Knox trat näher zu Martine.

»Ja, lassen Sie uns essen gehen.« Seine Worte hätten an alle gerichtet sein können, aber sein Blick ruhte starr auf der Frau in Rot.

Die beiden schienen jede Gelegenheit zu nutzen, um miteinander zu reden oder Blicke auszutauschen. Im Moment war Elinor offenbar noch zu aufgeregt, um es zu bemerken. Vielleicht war dieses Verhalten bei ihrem Mann auch durchaus üblich. Doch Temple fand, daß es im Augenblick dringendere Dinge gab, denen er sich widmen mußte.

Es mußte ein Muster in dem Ganzen geben. Warum wurden einige mit den Tricks des Hauses, mit Staufs besonderen

Überraschungen, konfrontiert, während andere nichts sahen – oder spürten? Er und Dutton und Elinor hatten einen Moment erlebt, der die Hölle für sie gewesen war. Und Temple befürchtete, daß das nur der Anfang von Staufs tatsächlichem Plan war, daß sie alle noch weit Schlimmeres erwartete.

Ein paar der anderen Gäste zogen sich langsam wieder Richtung Eingangshalle zurück. Wie konnte er sie dazu bringen, ihre Lage ernst zu nehmen?

»Warten Sie!« rief Temple ihnen nach. »Wir sollten einige Regeln aufstellen. Wir sollten Gruppen bilden, zusammenbleiben.«

Martine bedachte ihn mit einem vernichtenden Blick. »Seien Sie doch kein solcher Miesepeter, Schätzchen.«

Edward Knox lachte über die Bemerkung – die Seele der Party. »Es ist ein *Spiel*. Deshalb wurden wir eingeladen. Ein Spiel! Jeder Mann ...« er lächelte Martine an, »... oder jede Frau ist auf sich allein gestellt. Der verrückte alte Stauf beobachtet uns und jagt uns Angst ein. Er beobachtet uns, während wir seine Rätsel lösen. Nur er kennt die Regeln.«

Temple konnte den strahlenden, selbstzufriedenen Knox nur anstarren. Dieser Mann besaß einfach keine Phantasie – ein Mangel, der an einem Ort wie diesem den Tod bedeuten konnte. Aber Knox und Martine konnten den Blick nicht voneinander abwenden. Sie hatten andere Dinge im Sinn als Mr. Stauf.

Temple mußte ihnen klarmachen, in welcher Gefahr sie schwebten, mußte sie dazu bringen, ihre Lage zu erkennen. Aber keiner hatte Zeit dafür, alle hatten sich abgewandt. Niemand schien ihn ernst zu nehmen; das Abendessen war wichtiger als sich hinzusetzen und gemeinsam zu überlegen, wie sie ihr Leben retten konnten.

Temple vermutete, daß es wohl so sein mußte. Sie hatten alle ihre Gründe, warum sie hierblieben. Zweifellos hatte Stauf sie gerade deshalb ausgewählt. Vielen von ihnen versprach dieses

Haus Geld oder Macht oder vielleicht sogar ein wenig Sex. Sie würden ihre Träume nicht so leicht aufgeben, selbst wenn ihnen der eine oder andere Alptraum im Weg stand.

Aber keiner der anderen wollte zusammenarbeiten. Und es wollte eindeutig niemand das Haus wieder verlassen. Temple mußte gestehen, daß er auch nicht gehen wollte. Ein Teil von ihm wollte sogar noch dringender bleiben als zuvor. Diese »unerklärlichen Geschehnisse«, die so viele von ihnen erlebt hatten, hätten schließlich sehr wohl echte Magie sein können.

Aber er war noch überzeugter, daß sie sich nicht einfach auf die Spielchen des Spielzeugmachers einlassen mußten, nur weil sie in Staufs Haus eingeladen worden waren. Vielleicht konnte er einzeln mit einigen der anderen reden, sie irgendwie zur Vernunft bringen, ihnen erklären, um wieviel besser ihre Chancen standen, wenn sie zusammenarbeiteten.

Stauf hatte zweifellos viele Geheimnisse. Je mehr von ihnen Temple und die anderen ergründeten, desto größer waren ihre Chancen zu überleben.

Keiner konnte die wahre Tiefe ihrer Probleme ausloten; Stauf könnte sie aus allen möglichen Gründen hierhergebracht haben, selbst Mord. So gesehen war Knox' letzte Bemerkung sogar noch beängstigender.

Nur Stauf kannte die Regeln.

Julia Heine ging in die Küche und roch an dem großen Metallkessel. Sie hatte das Gas unter der Suppe abgestellt, bevor sie zu den anderen in die Bibliothek gegangen war. Die Suppe köchelte nicht mehr, aber sie roch noch immer warm und sehr appetitlich. Sie holte tief Luft, und das Wasser lief ihr im Mund zusammen. Entweder war Stauf selbst ein exzellenter Koch, oder er hatte den besten eingestellt. Nicht, daß ihr Gastgeber oder irgendeiner seiner Diener es bislang für nötig erachtet hatten, sich zu zeigen. Julia fragte sich, was die Gäste wohl tun mußten, um sich diese Ehre zu verdienen.

Sie sah sich in der Küche um. Sie war mit einer beachtlichen Sammlung von Töpfen und Pfannen ausgestattet, aber sie schien ein wenig klein für ein Haus von dieser Größe. Und dann ... Julia drehte sich um.

Sie sah eine offene Speisekammer hinter sich, gefüllt mit Regal über Regal voller Dosen und Kartons.

Julia runzelte die Stirn. Es lag etwas Merkwürdiges in der Art, wie diese bunten Verpackungen auf den Regalen gruppiert waren. Sie schienen ein Muster zu ergeben. Ein weiteres von Staufs Rätseln? Besonders all diese Dosen in den oberen Regalen, jede mit einem einzelnen Buchstaben beschriftet. Irgendwo mußte da eine Botschaft verborgen sein; all diese Buchstaben konnten Worte bilden. Vielleicht mußten sie auf eine bestimmte Weise angeordnet werden.

Julia wünschte, sie hätte ihr Weinglas mitgebracht. Alkohol half immer, ihre Sorgen zu vertreiben und sie klarer denken zu lassen. Na ja, vielleicht konnte sie zuerst einen Teil des Rätsels lösen und sich dann ihren Wein holen.

Sie nahm eine Dose aus dem Regal und ersetzte sie durch eine andere, dann nahm sie eine zweite und eine dritte, immer achtsam darauf bedacht, die Gruppierungen der Dosen beizubehalten. Das Muster mußte Teil des Rätsels sein.

Ja, die Dosen konnten Worte bilden, die Worte eines Satzes. Julia runzelte die Stirn, konzentrierte sich ganz darauf, die Buchstaben umzuarrangieren. Irgendwie ergab es alles einen Sinn.

»Ja«, murmelte sie vor sich hin, »das ist es. Das ... nein, nicht ganz ...« Sie hätte beinahe laut gekichert. Sie würde eins von Henry Staufs Rätseln lösen.

Aber was würde geschehen, wenn sie es gelöst hatte? Staufs Brief war in dieser Beziehung recht verschwommen gewesen. Wenn sie genau darüber nachdachte, war der Brief in allem recht verschwommen gewesen. Nun, wenigstens sollte sie einen Preis erhalten.

Sie stellte die letzte Dose um, und die Worte ergaben plötzlich einen Sinn.

»Ja!« verkündete sie der Welt. »Ich habe das Rätsel gelöst!«

Der Topf hinter ihr blubberte.

Aber das Gas war doch abgestellt, oder nicht?

Julia drehte sich wieder zum Herd um.

Das war knapp gewesen, knapper als Tad lieb war.

Er hatte mittlerweile den größten Teil des Erdgeschosses erkundet – alles bis auf den Raum, in dem die anderen Leute sich versammelt hatten. Aber es gab zwei Türen in diesem Stockwerk, die sich nicht öffnen ließen, und die Haustür war abgeschlossen. Es ließ sich auch keins der Fenster hochschieben. Also war er in die Küche zurückgekehrt, in der Hoffnung, er könne dasselbe Fenster benutzen, durch das er hereingekommen war.

Aber fast direkt hinter ihm war diese Dame hereingekommen, so dicht, daß sie praktisch über ihn gestolpert war.

Nicht, daß sie es bemerkt hätte. Sie sah aus, als hätte sie getrunken. Sie schien nur daran interessiert, in der Speisekammer zu stehen und diese blöden Dosen hin und her zu schieben, während sie die ganze Zeit mit sich selbst sprach.

Sie war ganz versunken in die Dosen. Wenigstens gab das Tad die Chance, sich aus der Küche zu verdrücken. Seine Schuhe berührten kaum das Linoleum, als er an ihr vorbeihuschte.

Je länger er sich in diesem Haus umsah, desto mehr war er überzeugt, daß man verrückt sein mußte, überhaupt einen Fuß hier hineinzusetzen. Eigentlich sollte ihn die Art, wie die Dame sich aufgeführt hatte, gar nicht überraschen. Nur ein weiterer unheimlicher Teil dieses verrückten Hauses.

Und welche Rolle spielte er dann?

Er war hier gefangen, wenn er nicht einen Fluchtweg fand. Aber er hatte in diesem Stockwerk beinahe alles versucht. Er konnte einige der anderen umhergehen hören. Die Versammlung mußte vorbei sein. Sie würden jetzt im ganzen Haus herumwimmeln. Und jedesmal, wenn er einen dieser verrückten Leute sah, wollte er noch weniger mit ihnen zusammentreffen.

Wo sollte er hin?

Er sah durch die Diele zu der großen, geschwungenen Treppe. Es würde nur ein unverriegeltes Fenster brauchen, und dann einen kurzen Sprung auf die darunterliegende Veranda, um aus der ersten Etage zu entkommen. Vielleicht wartete dort oben ein Fluchtweg auf ihn.

Temple eilte den Korridor im oberen Stockwerk entlang.

An jedem Schlafzimmer stand ein Name. Sechs Zimmer säumten den oberen Korridor, sechs Türen mit sechs Namenskärtchen. Und dann waren da noch die üblichen verschlossenen Türen. Stauf hütete seine Geheimnisse gut.

Aber es gab noch ein siebtes Zimmer, ein Zimmer ohne Namensschild. Temple hatte jene Tür als erste geöffnet und dahinter einen Raum entdeckt, der vom Boden bis zur Decke mit Spielen vollgestopft war. Es mußte für jemanden wie Henry Stauf ein ganz besonderes Zimmer sein; es verdiente, näher in Augenschein genommen zu werden. Doch zuerst würde Temple in den Korridor zurückkehren und die Tür mit seinem Namen daran suchen.

Die Namensschilder schienen überraschend aufmerksam, besonders wenn man bedachte, wie wenig Gastfreundlichkeit ihnen ihr abwesender Gastgeber ansonsten bis jetzt erwiesen hatte. *Wenigstens will Stauf nicht, daß wir alles selbst erraten*, ging es Temple durch den Sinn. *Allerdings konnte es Teil von Staufs großem Plan sein, bestimmte Leute in bestimmte Schlafzimmer zu stecken. Alles konnte ein Teil des Plans sein.* Temple seufzte.

Nur Stauf kennt die Regeln.

Er schaute den Korridor hinunter und sah Elinor Knox allein dort stehen. Ihr Mann war verschwunden. Es überraschte den Zauberer nicht, daß er auch Martine Burden seit einigen Minuten nicht mehr gesehen hatte.

Er trat hinter Mrs. Knox. Sie starrte gedankenverloren auf die geschlossene Tür vor ihr. Temple hielt es für angebracht, etwas zu sagen, um sich bemerkbar zu machen.

»Das muß Ihr Zimmer sein«, sagte er und deutete auf die kleine Karte an der Tür.

Elinor blickte ausdruckslos auf, so, als hätte ihr kürzliches Erlebnis sie aller Emotionen beraubt. »Ich ... ich will da nicht reingehen«, gestand sie nach anfänglichem Zögern. »Mir schlottern immer noch die Knie.«

Temple schmunzelte. Mir geht's nicht anders, dachte er bei sich, sagte es aber nicht. Das war nicht die Art von Zustimmung, die Elinor Knox im Moment gebrauchen konnte.

»Sie müssen keine Angst haben«, erwiderte er. »Es sind nur Staufs Tricks.« Die Worte klangen tröstlich. Temple wußte nur einfach nicht, ob sie stimmten. Vielleicht sagte er es nicht nur, um Mrs. Knox zu beruhigen, sondern auch sich selbst.

Sie legte ihre Hand auf die Türklinke und stieß die Tür einen Spalt auf, dann sah sie wieder Temple an. »Werden Sie in Ihrem Zimmer sein?«

»Ja. Oder im Spielzimmer.« Temple deutete auf die offene Tür am Ende des Gangs.

Er wandte sich zum Gehen, aber Elinor rief ihn zurück, als wolle sie um nichts in der Welt allein bleiben.

»Wir alle wollen etwas«, sagte sie hastig. »Deshalb sind wir hier, nicht wahr?«

»Vermutlich.« Temple schmunzelte.

»Was wollen Sie?« hakte Elinor nach.

Temple wandte einen Moment lang den Blick ab. Was war der wahre Grund, weshalb er hier war? Was war sein größter Herzenswunsch? Er hatte nicht gewußt, daß er es jemals eingestehen würde. Er lachte. »Nicht viel. Nur – ich habe mein ganzes Leben als Zauberkünstler auf der Bühne zugebracht. Und ich würde gern wissen – gibt es wahre Magie? Weiß Stauf das? Kann er mir das geben ...«

Laut ausgesprochen klang es selbst für seine eigenen Ohren kindisch. Aber Elinor Knox schien es nicht zu bemerken. Statt dessen wandte sie sich ab und sprach ihrerseits.

»Ich ... wir ... brauchen einen Ausweg, eine Chance, unser Leben noch einmal von vorn zu beginnen. Edward hat einen solchen Schuldenberg angehäuft. Wir haben kein Geld und ...« Ihre Stimme erstarb, und sie schüttelte den Kopf.

Interessant, daß sie über die Probleme ihres Mannes sprach, als wären seine Bedürfnisse wichtiger als alles, was Elinor selbst betraf, dachte Temple bei sich. Er fragte sich, was Elinor Knox wirklich für sich wollte – wenn sie eingestehen konnte, überhaupt etwas zu wollen.

»Und was ist mit den anderen?« fragte sie.

Temple runzelte die Stirn. Was wollten die anderen wirklich?

»Ich weiß es nicht.« Temple hatte so seine Vermutungen, was ihre Beweggründe sein könnten, aber er würde es lieber von ihnen selbst hören – wenn sie je die Chance dazu erhielten.

Und wer konnte sagen, wie ihre Chancen standen? Sie warteten alle darauf, daß Stauf seinen nächsten Zug machte.

17

Temple entschied, sein eigenes Zimmer in Augenschein zu nehmen, und ging zu der Tür mit seinem Namensschild, während er sich fragte, welche weiteren Überraschungen ihr abwesender Gastgeber in petto haben mochte.

Als er die Tür öffnete und eintrat, war seine erste Reaktion, schallend zu lachen.

Er hatte den Raum in Erwartung eines neuen Rätsels oder Spiels betreten, eines Hinweises auf Staufs großen Plan. Er hatte sich sogar gegen eine weitere von Staufs Alptraum-Visionen gewappnet, obgleich – für den Moment zumindest – jedem Gast nur eine zugeteilt war.

Doch das hier hatte er nicht erwartet. Das Zimmer sah aus wie ein Zauber-Museum, vollgestopft mit Vitrinen, in denen sich das Handwerkzeug und Beiwerk der Zunft – von Spielkarten über Umhänge bis zu Ketten – türmten. Aber die Krönung des ganzen Raums waren die Dekorationen an den Wänden. Hier hingen, liebevoll gerahmt, die Plakate von Hamilton Temples größten Triumphen.

»NUR VIER WOCHEN IM ODEON!«

»SEHEN SIE DIE ZERSÄGTE JUNGFRAU!«

»ENDLICH ENTHÜLLT – DAS GEHEIMNIS DER SPHINX!«

»VERLÄNGERT.«

»BESTAUNEN SIE DEN BERÜHMTEN INDISCHEN SEILTRICK!«

»ERST KÜRZLICH VON EINER TOURNEE VOR DEN GEKRÖNTEN HÄUPTERN EUROPAS ZURÜCKGEKEHRT!«

»SEHEN SIE, WIE HAMILTON TEMPLE DEN TOD ÜBERLISTET!«

Temple hatte einige dieser Plakate seit Jahren nicht mehr gesehen. Bei etlichen verblüffte es ihn, daß sie überhaupt noch existierten. Einige dehnten in ihrer Übertreibung die Wahrheit doch recht stark, zum Beispiel, was die »gekrönten Häupter Europas« anging. Temple war zwei Wochen im Londoner East End aufgetreten, und einen Abend hatte jemand gesagt, es säße ein Baron oder so im Publikum. Näher war Temple einer Krone nie gekommen.

Aber warum waren die Plakate und all die anderen Sachen hier?

Dieses Zimmer war fast so etwas wie ein Schrein für Temples Karriere. Temple wußte, daß Stauf über beinahe unbegrenzte Geldmittel verfügte, und mit diesem Geld schien er das ganze Land, ja vielleicht sogar die Welt, durchforstet zu haben, um nach Andenken aus dem Leben von Hamilton Temple zu suchen.

Aber wahrscheinlich hatte jeder ein Steckenpferd, und es sah so aus, als wäre Staufs Steckenpferd Hamilton Temple.

Aber warum? Warum machte Stauf sich solche Umstände für einen Mann, den er niemals kennengelernt hatte? Betrachtete er Temple als einen Gefährten im Praktizieren einer esoterischen Kunst oder als Rivalen, jemanden, der zu einem Wettstreit magischer Macht herausgefordert und besiegt werden mußte?

Temple fragte sich, ob ihm irgend etwas in diesem Zimmer eine Antwort darauf geben würde.

Er hob einige Ketten hoch. Als Temple noch jünger war, hatte er am Ende seiner Show immer komplizierte Entfesselungstricks aufgeführt. Vielleicht hatte Stauf vor langer Zeit einmal in Temples Publikum gesessen.

»Schwere Glieder«, murmelte Temple, während er mit den Ketten rasselte. »Selbst Houdini hat nicht solch schwere Gewichte benutzt...« Diese Ketten würden vermutlich für einen Entfesselungsakt zu schwer sein; Temple fragte sich, wieviele klassische Zauberkunststücke Stauf tatsächlich kannte.

Er legte die Ketten auf den Tisch zurück und ging hinüber zu der Vitrine auf der anderen Seite des Bettes. Oben auf der Vitrine lag ein Zylinder, so wie Temple ihn am Anfang seiner Karriere benutzt hatte, bevor er entschieden hatte, daß ein Turban geheimnisvoller aussah.

Ach, der Zauberhut. Für viele Zauberkünstler war der Hut neben dem Zauberstab das wichtigste Werkzeug. Aus einem Impuls heraus nahm Temple seinen Turban ab und probierte den Zylinder auf. Er paßte natürlich wie angegossen.

Temple berührte den Hut auf seinem Kopf. »Vielleicht ist dies der Schlüssel zu Staufs Macht«, sagte er lachend.

Dann hielt er inne. Er hatte etwas gespürt, als er den Zylinder berührte, einen Funken, zuerst wie statische Elektrizität, bis er durch seine Hand und seinen Arm in seinen Körper floß.

Temple fühlte sich verändert, elektrisiert.

Vielleicht hatte dieser alte Zylinder doch irgendeine seltsame Kraft besessen.

Er drehte sich im Kreis, sah sich um. Das Zimmer war verändert. Lichtpunkte glitzerten in der Luft wie Energiewellen. Temple hatte das Gefühl, er könne die Hand ausstrecken und diese Energie greifen und damit tun, was immer er wollte.

Zum Teufel, schließlich war er ein Zauberer, oder etwa nicht? Vielleicht war es an der Zeit für ein kleines Zauberkunststück.

Aber zuerst einmal brauchte er eine wunderschöne Assistentin!

Brian Dutton hatte sich auf die Suche nach den Stimmen begeben. Er hatte jenen Chor einmal gehört. Er wußte, daß er ihn wieder hören würde.

Er ging langsam den Korridor im ersten Stock entlang, lauschend, hielt Ausschau nach etwas Ungewöhnlichem. Doch statt eines Chors hörte er nur irres Gelächter.

Es kam aus dem Zimmer gegenüber Duttons eigenem. Die Tür stand einen Spalt weit offen. Er stieß sie auf und trat ein.

In der Mitte des Raums war Hamilton Temple, wirbelte im Kreis herum und lachte wie ein Verrückter.

»Temple?« rief Dutton den älteren Mann. »Was soll der Lärm?«

Aber Hamilton Temple antwortete nicht. Statt dessen streckte er beide Hände zum Bett aus. Dutton sah in die Richtung, in die Temple zeigte. Dort, wo einen Augenblick zuvor noch nichts gewesen war, lag nun eine wunderschöne Frau.

»Ja!« schrie Temple.

»Temple!« rief Dutton abermals. »Was zum Teufel machen Sie da?«

Aber der alte Zauberer konnte Dutton entweder nicht hören, oder er wollte nicht. Er deutete abermals auf das Bett, auf die verlockende junge Frau, die ihre Arme einladend zu beiden Männern ausstreckte. Doch dann verwandelte sie sich. Sie schien älter zu werden, zehn Jahre in zehn Sekunden. Ihr Gesicht und ihre Hände wurden runzlig, ihr Haar verfärbte sich von kastanienbraun zu silbergrau.

Aber damit war es noch nicht genug der Veränderung. Der Körper der Frau verschrumpelte, ihre Haut nahm eine ungesunde graue Farbe an. Sie bäumte sich kurz auf, dann sackte sie leblos auf das Bett zurück. Löcher öffneten sich in ihrem Fleisch, während Maden sich hinein- und hinauswanden.

»Hören Sie auf!« schrie Dutton. »Hören Sie auf, was immer Sie ...«

Aber Temple schien ihn nicht zu hören, als hätte der Zauber, den er heraufbeschworen hatte, ihn selbst in Bann gezogen.

Die Leiche der Frau auf dem Bett begann sich zu spalten. Ein Sturmwind pfiff durch das Zimmer, nicht von den Fenstern oder dem Korridor her, sondern aus dem Körper heraus. Bilder schlugen klappernd gegen die Wand. Von irgendwoher hörte Dutton Kettengerassel.

Und die Frau spaltete sich immer weiter. Dutton vermeinte, etwas zu sehen, tief drinnen in der Leiche, einen Schatten, der nur darauf lauerte, daß der Körper sich ganz geteilt hatte, der darauf wartete, freigelassen zu werden.

»Nein!« schrie Dutton, aber seine Stimme verlor sich im Wind.

Und das Ding, der Schatten, kam heraus.

Temple ballte eine Faust.

»Aufhören!« brüllte er.

Der Wind erstarb, und die Frau war verschwunden.
Dutton starrte Temple an. Was ging hier vor?

Hamilton Temple blickte auf den Zylinder in seinen Händen. Er war ihm in dem Moment vom Kopf gefallen, als die Frau – und was immer in ihr drin war und herauswollte – verschwunden war.

Er blinzelte und schüttelte den Kopf. Wann war Dutton ins Zimmer gekommen?

Zuerst hatte Temple geglaubt, er habe die Magie unter Kontrolle. Er war von manischer Energie erfüllt und überzeugt, daß er diese Energie dirigieren könne, wie immer er wollte. Doch im weiteren Verlauf hatte es eher so ausgesehen, als ob die Magie – wenn es das war – ihn kontrollierte.

Dabei hatte es so gut angefangen. Er hatte an eine wunderschöne Assistentin gedacht, und schon war sie da. Aber sie begann mit unbeschreiblicher Geschwindigkeit zu altern, bis das Fleisch von ihren Knochen faulte. Einen Moment lang hatte Temple geglaubt, er wäre auch dafür verantwortlich – vielleicht mit einem flüchtigen, abschweifenden Gedanken über die Macht des Lebens und des Todes, der augenblicklich diese Schöpfung von Staufs Zauberhut verwandelte.

Aber dann hatte sich die Frau in zwei Hälften gespalten, wie eine irre Parodie der Nummer mit der zersägten Assistentin. Da erkannte Temple, daß diese Erscheinung jenseits seiner Kontrolle war. Und gleichzeitig sah er etwas tief im Innern der Frau lauern, noch einen dieser Alpträume, mit denen Stauf offenkundig so gern seine Gäste überraschte.

Erst nachdem er dem Zauber-Drama ein Ende gesetzt hatte, erkannte er, daß dies alles Staufs Show war, eine kleine Darbietung speziell für Temple, den alten Zauberkünstler.

Er blickte hinüber zu Dutton, der ihn immer noch anstarrte, den Mund weit aufgerissen. Was sollte er dem jüngeren Mann erzählen? Wie weit konnte er Dutton vertrauen?

Nicht sehr weit, entschied er.

»Mr. Stauf hat mir nur ein paar neue Zauberkunststücke gezeigt«, erklärte Temple mit einem leisen Schmunzeln.

»Das waren Zauberkunststücke?« Dutton lachte, ein nervöses, freudloses Lachen. »Sie haben mit Mr. Stauf gesprochen?«

Temple schüttelte den Kopf. »So könnte man es nicht sagen. Ich habe Henry Stauf ebensowenig gesehen wie alle anderen. Er hat diese Zauberkunststücke für mich bereitgestellt.«

Dutton schüttelte nur den Kopf. »Wenn das nur Zauberkunststücke waren, dann möchte ich mich mit unserem Gastgeber lieber nicht anlegen.«

Sich mit Henry Stauf anlegen? Temple sah den Zylinder an, den er nun in der Hand hielt.

Möglicherweise ließ sich das nicht verhindern. Nur wenn sie sich mit Stauf anlegten, hatten einige von ihnen vielleicht die Chance zu überleben.

Er erwog, einen Teil seiner Befürchtungen mit Dutton zu teilen, aber als er wieder zur Tür sah, war dieser bereits verschwunden, um den Auftrag zu erfüllen, den er verfolgt hatte, bevor Temples kleine Demonstration ihn störte. Fraglos ein Auftrag, den Henry Stauf sich ausgedacht hatte.

Temple schaute wieder den Hut an. Welche Kraft der Zylinder auch besessen haben mochte, sie war nun erloschen. Es war nur eines von Staufs Zauberkunststückchen, wie Temple schon festgestellt hatte.

Henry Stauf hatte ihm offenkundig einen Vorgeschmack seiner Macht geben wollen.

Einen Vorgeschmack, und eine Herausforderung.

Temple würde sich dieser Herausforderung stellen. Wenn es hier wahre Magie gab, dann würde Hamilton Temple sie sich zu eigen machen.

18

Nachdem sie erst einmal die Tür geöffnet hatte und eingetreten war, mußte Elinor Knox gestehen, daß es dem Zimmer, das für sie und ihren Mann reserviert war, an nichts fehlte. Es war elegant, ja sogar behaglich ausgestattet, mit schweren, dunklen, äußerst geschmackvollen Möbeln. Einige der Stücke waren eindeutig Antiquitäten. Elinor wünschte, sie und Edward könnten sich so erlesene Möbel leisten. Sie seufzte. Wenn sie sich mit Staufs Hilfe von ihren Schulden befreien könnten, würden sie sich vielleicht solche Dinge kaufen können – irgendwann einmal.

Sie bemerkte einen dunkelroten Teppich neben dem großen Bett. Es war ein sehr ungewöhnlicher Läufer, dessen kompliziertes Muster bis fast an die Ränder heranreichte.

»Ist der schön«, hauchte sie, »und ...« Elinor studierte stirnrunzelnd die verschlungenen Linien; das Muster ergab plötzlich einen Sinn, so verrückt es auch war. »Es ist ein Labyrinth. Als ich ein kleines Mädchen war, habe ich diese Labyrinth-Rätsel immer geliebt. Man muß ...«

Sie kniete sich neben den Teppich und begann, dem Weg durch das Labyrinth mit den Fingern zu folgen. Ihre ganze Aufmerksamkeit war auf ihre Finger gerichtet, als sie das Herz des Labyrinths erreichten, so als zöge das Labyrinth Elinor zu sich hinein, als ginge sie durch schmale Korridore mit hohen, gleichförmigen Wänden.

»... den Weg bis zum Mittelpunkt finden ...«

Elinor blinzelte. Die Wände waren verschwunden. Sie hatte das Geheimnis des Labyrinths gelöst, und nun war der Bann gebrochen. Sie riß ihren Blick von dem Teppich los und setzte sich wieder aufs Bett. Der ganze Abend war so anstrengend gewesen, und dabei hatte er gerade erst begonnen.

Etwas berührte ihre Wange, so zart wie ein Windhauch.

Sie blickte auf. Ein junger Mann stand neben dem Bett – ein recht gutaussehender junger Mann Anfang Zwanzig, angezogen, als wäre er einem Bilderbuch aus dem letzten Jahrhundert entstiegen.

Elinor wich ein wenig zurück. »Wer zum Teufel sind Sie?«

Der gutaussehende junge Mann lächelte sie an.

»Ein Freund – dein Freund. Du suchst doch einen Freund, oder?«

Sie starrte diesen fremden jungen Mann an. Sein Lächeln war so herzlich. Sollte dies der andere Gast sein, den Stauf erwartete?

Und wie stand es mit seiner Frage?

Suchte sie einen Freund? Nun, sie hatte sich Hamilton Temple anvertraut, der ein freundlicher, mitfühlender Mann zu sein schien, trotz dieses lächerlichen Kostüms, das er trug. Sie hatte Mr. Temple sehr tröstlich empfunden, besonders nach dem schockierenden Erlebnis im Keller.

Aber suchte sie nach mehr als Trost?

Sie hatte immer Trost in Edward gefunden, all die langen Jahre ihrer Ehe. Sicher, gelegentlich war er böse mit ihr, und ihre Ehe war nicht immer eitel Sonnenschein gewesen. Aber sie hatte gelernt, sich auf Edward und ihre Ehe zu verlassen – bis heute abend.

Edward und Elinor, Elinor und Edward, und jetzt war Edward weg, der Himmel allein wußte, wo. Es war so lange her, daß sie darüber nachgedacht hatte, was sie selbst wirklich wollte. Sie wollte ganz sicher nicht allein sein.

Der gutaussehende Fremde setzte sich neben sie.

»Du fühlst dich hier allein, nicht wahr?«

Ja, dachte sie, mehr als alles andere. Es war, als könne dieser fremde junge Mann ihre Gedanken lesen. Und was empfand sie diesem fremden jungen Mann gegenüber?

Sie hatte sich, was andere Menschen anging, immer auf Ahnungen, auf Gefühle verlassen – auf das, was Edward ihre

»Anwandlungen« nannte. Sie hatte ein sehr schlechtes Gefühl bei Staufs Einladung gehabt und war nur mitgekommen, weil ihr Mann darauf bestanden hatte. Aber seit sie hier war, hatte sie nichts gespürt, als wären sämtliche guten und bösen Ahnungen irgendwie vor ihr verborgen.

Diesem Fremden gegenüber war es dasselbe. Sie sah ihn an, und zuerst spürte sie überhaupt nichts.

Wie empfand sie wirklich? In bezug auf sich selbst?

Sie fühlte sich einsamer als je zuvor in ihrem Leben.

»Ja«, gestand sie.

Der Mann lächelte sie an, ein herzliches, unschuldiges Lächeln. »Wir können zusammen sein.«

War es das, wonach sie sich sehnte? Jemand, der sich wirklich um sie kümmerte, jemand, der sein ganzes Leben, sein ganzes Sein dem widmete, was sie wollte; all ihren Bedürfnissen – den geistigen, finanziellen, körperlichen ...

Nein! Was dachte sie denn da? Was war mit Edward? Sie war eine verheiratete Frau. Das hier war falsch. Sie konnte nicht all die gemeinsamen Jahre vergessen.

»Für immer ...« flüsterte der gutaussehende Fremde.

Unvermittelt küßte er sie. Sie schloß die Augen, aber sie wich nicht zurück. Wie lange war es her, seit sie einen solchen Kuß bekommen hatte?

Wie lange war es her, seit Edward sie zum letzten Mal geküßt hatte?

Sie schlug die Augen auf und sah, daß der gutaussehende Fremde sie durchdringend anstarrte.

»Du mußt etwas für mich tun.«

Bevor sie es sich versah, beugte er sich vor und flüsterte in ihr Ohr.

Sie war verwirrt. Er war so nah. Was hatte dieser Kuß bedeutet?

Was hatte er gesagt? Sie war so überwältigt von dem Fremden, von seinem Kuß, daß sie die Worte kaum hörte.

Er hatte von Tod gesprochen.

Und davon, wen sie töten müßte.

Seine Berührung war nun nicht mehr zärtlich. Der Fremde packte Elinor grob bei der Schulter, als wolle er sie zwingen, die Dinge zu tun, die er verlangte. Er grinste über ihre Reaktion, erfreut über ihre Abscheu. Elinor wich zurück, aber seine Hand rutschte nur auf ihren Oberarm herunter. Die Finger gruben sich brutal in Elinors Fleisch. Der Fremde kicherte über ihren Schmerz.

»Lassen Sie mich los!« schrie Elinor. »O Gott, nein! Lassen Sie mich los!«

Sie versuchte, sich aus seinem Griff zu winden. Aber es war keine Hand mehr, die sie festhielt – sie hatte sich irgendwie in eine Kletterranke verwandelt: Ein langer Tentakel, grün-grau und stachelig, schlang sich um Elinors Arm. Die Dornen zerrten wie Finger an ihrer Haut, Hunderte von winzigen Klauen bohrten sich in ihr Fleisch, während sich die Ranke langsam um ihren Hals schlang.

Elinor schrie und versuchte, sich vom Bett hochzustemmen. Aber eine weitere Ranke packte ihr Bein und glitt dran hoch, um auch Elinors Rumpf zu umschlingen. Die Ranken wollten sie erwürgen.

»Nein!« schrie Elinor abermals. »Das geschieht alles nicht wirklich!« Es mußte eine Täuschung sein, genau wie das Blut im Keller, irgendein Trick, um ihr Angst einzujagen.

Sie konnte sich nicht gegen etwas wehren, was es gar nicht wirklich gab.

Und dann verwandelte sich die Ranke abermals, wurde zu etwas, das wenigstens wie ein Mensch aussah.

Aber der Fremde war nun nicht mehr jung. Er war alt und kahl, und er grinste Elinor lüstern an, während er sie fester an sich preßte. Sein Atem stank nach Schnaps.

Sie hatte diesen Mann schon einmal gesehen, in diesem Spielzeugladen in der Stadt.

Es war Henry Stauf.

Elinor wurde schier überwältigt von ihren Gefühlen, als ihre schlimmsten »Ahnungen« mit der Macht einer Springflut zurückkehrten. Dies war die wahre Natur von Stauf, das wahre Geheimnis dieses Hauses, eine schier unglaubliche Kraft des Bösen. Elinor hatte noch nie solch widerwärtige Verderbtheit gespürt. Irgendwie hatte Stauf das Böse vor ihr verborgen, bis er so nah war, daß es keine Geheimnisse mehr geben konnte. Keine Geheimnisse mehr, und vielleicht auch kein Leben.

Und dann verschwand Stauf.

Elinor Knox war mutterseelenallein.

Martine Burdens Schlafzimmer war in Rosa und Rot gehalten. Weibliche Farben, dachte Edward Knox bei sich, besonders passend für eine Frau wie Martine.

Wunderschöne Farben, vielleicht. Aber was tat er hier? Er fühlte sich ausgesprochen unbehaglich, als sie ihn in das Zimmer zog und die Tür schloß. Er hatte andere Dinge zu tun, sollte eigentlich gar nicht hier sein. Er war aus einem bestimmten Grund in dieses Haus gekommen. Was würde seine Frau ohne ihn tun?

Martine sah Edward in die Augen. Sie hatte etwas so Intensives an sich; es reichte beinahe, um ihn sein Unbehagen und seine Verpflichtungen vergessen zu lassen.

»Die anderen werden versuchen, uns zuvorzukommen.« Ihre Stimme war tief und heiser, kaum mehr als ein Flüstern.

Er nickte. Die anderen? Sollte das heißen, daß sie wollte, daß sie beide – Martine und Edward – zusammenarbeiteten? Aber er hörte ihre Worte kaum. Er war gebannt davon, wie ihre Augen im Licht funkelten, wie ihre vollen Lippen die Silben formten, wie sich ihr Körper bewegte, als sie ihn zum Bett zog.

»Aber das muß nicht geschehen«, fuhr Martine fort.

»Nicht, wenn du und ich zusammenarbeiten.« Sie streichelte seine Arme, ihre Hände versprachen eine tiefergehende Partnerschaft als ihre Worte.

»Wir können Staufs Rätsel lösen. Wir können gewinnen.« Sie trat ganz dicht an ihn heran und sah ihm direkt in die Augen. »Du kannst alles haben, was du willst, Edward ...«

Noch ein Schritt. Sie ließ ihre Hände zu seinen Schultern heraufgleiten. Sie berührte seinen Hals. Es waren wunderschöne Hände, die Finger so schlank und kühl. »Und was willst du, Edward?«

Er sah Martine tief in die Augen. Sie konnte einen Mann dazu bringen, daß er sie begehrte, das wußte Edward. Er spürte, wie alles um ihn herum versank, alles bis auf diese Augen, dieses Gesicht, diesen wunderschönen weiblichen Körper.

Ein sanftes Lächeln spielte über ihre Lippen. »Soll ich versuchen, es zu erraten?«

Edward wußte, daß sie in ihm lesen konnte wie in einem Buch, daß sie den Schweiß auf seiner Stirn sehen konnte, das Verlangen in seinen Augen.

Sie zog ihn ganz dicht an sich, um ihn zu küssen. Und er erwiderte ihren Kuß. In diesem Moment war ihm alles egal, er sah nur noch die Frau vor sich.

Dann trat sie einen Schritt zurück. »Ich weiß, wo das Rätsel ist, das wir lösen müssen.«

Was sagte sie da? Welche Rolle spielte das? Sie hatte ihre Hände an seinem Revers. Und sie zog ihn zum Bett.

»Ich weiß, wo es ist«, murmelte sie.

Ein Rätsel, hatte sie gesagt.

»Ich bringe dich dorthin«, fügte sie hinzu.

Es gab nur ein Rätsel, das Edward Knox lösen wollte, das Rätsel, bei dem es um einen Mann und eine Frau ging.

»Aber zuerst ...« Sie zog ihn neben sich auf das Bett.

Sein Kopf war erfüllt von ihrem Parfüm, ihrem Parfüm und

dem seltsamen Moschusgeruch, der in der Luft hing. Edward hatte seit Jahren nicht mehr solches Verlangen empfunden.

Für eine Frau wie Martine würde er alles tun.

Sie küßte ihn abermals und zog ihn langsam aus.

»Ich kann dir geben, was du willst«, flüsterte sie. »Ich kann dir geben ... was du willst ...«

Edward Knox konnte ihr da nur zustimmen.

19

Tad sah die Dame durch die offenstehende Tür.

Sie zeichnete mit ihren Fingern das Muster des Teppichs neben dem Bett nach. Plötzlich hielt sie inne und blickte auf, als hätte jemand zu ihr gesprochen. Einen Augenblick lang fürchtete Tad, sie hätte ihn gesehen, aber sie sprach mit jemand anderem im Zimmer. Nur, daß Tad das ganze Zimmer einsehen konnte, und da war niemand.

Es war genau wie bei dieser Frau unten in der Küche. Vielleicht wurden alle verrückt.

Vielleicht war es etwas an diesem Haus, überlegte Tad. Vielleicht würde es versuchen, auch ihn verrückt zu machen.

Er mußte vorsichtig sein. Verrückte Leute waren zu allem fähig.

Tad schlich sich von der Dame weg, die mit dem leeren Zimmer sprach. Sie blickte nicht einmal in seine Richtung.

Als er in das Haus eingebrochen war, hatte er sich nur darüber Sorgen gemacht, daß jemand es seinem Dad erzählen könnte und er dann eine mächtige Tracht Prügel bekommen würde. Es war ihm verboten, auch nur in die Nähe des alten Stauf-Hauses zu gehen.

Er bekam langsam das Gefühl, daß er lieber die Prügel einstecken würde, als zu erleben, was hier vor sich ging.

Am Ende des Korridors führte eine schmale Treppe nach oben, zum Dachboden, wie Tad vermutete. Vielleicht war das der beste Platz, um sich zu verstecken.

Er schlich den Korridor hinunter auf die Treppe zu, bis er zu einer weiteren offenstehenden Tür kam. Aber diesmal war es kein Schlafzimmer. Dieser Raum war voller Spiele.

Etwas in Tad wollte unbedingt stehenbleiben. Er mußte hineingehen und sich das Zimmer ansehen.

Vielleicht konnte er etwas Interessantes mitnehmen, wenn er sich schon verstecken mußte; etwas, mit dem er sich bis zum Morgen die Zeit vertreiben konnte.

Er betrat das Zimmer.

Temple sah sich aufmerksam im Spielzimmer um. Anders konnte man es nicht nennen, denn Spiele und Rätsel bedeckten jeden verfügbaren Zentimeter Ablagefläche auf den Möbeln und den breiten Borden, die an den Wänden angebracht waren. Er sah die üblichen Dinge, klassische Spiele wie Dame und Schach bis hin zu dem indischen Parchise und dem chinesischen Go. Daneben gab es bunte Schachteln mit Titeln wie *Weltreise* und *Fang den Hut*. Aber auf den Borden lagen noch weitere Dinge, zweifellos von Stauf entworfene Spiele, recht simple Sachen auf den unteren Borden, doch zunehmend komplizierter, je höher die Borde zur Decke hin aufstiegen. Staufs Können, und seine Spiele, hatten sich im Lauf der Zeit verfeinert.

»Das Spielzimmer eines Wahnsinnigen«, sagte Temple laut, hauptsächlich, um die Stille an diesem sonderbaren Ort zu brechen. Aber dieses Zimmer war es tatsächlich wert, eingehender untersucht zu werden. Dieses Zimmer mußte dem Herzen des Spielzeugmachers näher sein als alle anderen. Dieses Zimmer konnte durchaus die Geheimnisse des Spielzeugmachers bergen.

»Sag es mir, du Wahnsinniger ...«, wandte er sich an den Raum. »Kannst du mir wahre Magie geben?«

Ihm fiel ein, was erst vor wenigen Minuten in seinem Schlafzimmer passiert war. War das Magie? Es war schon phantastisch gewesen, besonders in jenen flüchtigen Augenblicken, in denen Hamilton Temple noch wähnte, alles in der Hand zu haben.

Doch rückblickend fühlte er sich eher wie das Publikum denn wie der Zauberkünstler, ein bloßer Betrachter all der Wunder, die Henry Stauf darbot. Stauf hatte ihm jene wunderschöne Frau auf dem Bett geschenkt, nur damit sie sich in zwei Hälften spaltete und eine weit dunklere Macht offenbarte.

Temple hatte es nur mit Mühe und Not geschafft, dieser Macht Einhalt zu gebieten – und nicht, bevor Stauf ihm einen kurzen Blick auf genau das erlaubt hatte, was er ihn sehen lassen wollte.

Macht. Schier grenzenlose Macht, die von einem sehr dunklen Ort kam, einem sehr weit entfernten Ort.

Aber war diese Macht wirklich Magie? Oder war sie etwas anderes, das sich nur als Magie ausgab?

Das war der Grund, weshalb Temple bleiben würde. Er mußte die Quelle von Staufs Macht finden und die Antwort darauf, ob es wahre Magie war oder nicht.

Es mochte die letzte große Herausforderung seines Lebens sein.

Er ging durchs Zimmer und sah sich Spiel um Spiel an, auf der Suche nach einem Einblick in die Seele des Spielzeugmachers.

Er sprach abermals laut, als wäre zu erwarten, daß der Spielzeugmacher antwortete. »Kannst du mir zeigen ...«

Temple blieb am Schachbrett auf der anderen Seite des Zimmers stehen. Sieben Figuren standen auf dem Brett. Sie waren sehr fein geschnitzt; so fein, daß Temple die Einzelheiten ihrer Gesichter erkennen konnte.

Und es waren *ihre* Gesichter – die Schachfiguren waren so

geschnitzt, daß sie die sechs Gäste darstellten, die heute abend in Staufs Villa gekommen waren. Der Läufer hatte Temples Kopf, inklusive Turban. Dutton war ein Springer, Edward Knox ein Turm, Martine und Elinor waren Damen, Julia ein schlichter Bauer.

Und der König? Temple hob die siebte Figur hoch und starrte sie an. Das geschnitzte Gesicht sah aus wie das eines Kindes, eines Jungen.

War das der siebte Gast?

»Nein«, flüsterte Temple. Stauf und sein unheimliches Haus hatten schon sechs Menschen gefangen. Es war sehr wahrscheinlich, daß es sie auch vernichten würde. Aber die sechs Erwachsenen waren aus freien Stücken hierhergekommen, geleitet von ihren eigenen närrischen Begierden.

Das genügte Stauf und der Macht hinter ihm allerdings nicht.

»Sie wollen auch noch den Jungen.«

Temple starrte die Schachfigur an. Einen Jungen, ein Kind, in dem verrückten Plan zu fangen, den Stauf ausgeheckt hatte – der Gedanke allein war schon schrecklich. Temple hatte Visionen von sterbenden Kindern, kranken Kindern, verwirrt, die Hände um ihre Spielzeuge geklammert, während das Leben aus ihnen schwand, als würde es aus ihnen herausgesogen. Und hinter all dem steckte Stauf. Der Spielzeugmacher scherte sich nicht darum, was er den Kindern antat, solange er dadurch seine Magie gewann.

Kinder zu töten. Temple fühlte, wie ihm schon bei dem bloßen Gedanken Tränen über das Gesicht liefen.

»Nein«, schrie Temple, »verdammt sollst du sein, du kannst nicht ...«

Er verstummte abrupt.

Der Junge – ein richtiger Junge, sein Gesicht das Ebenbild der Schachfigur – starrte Temple von der anderen Seite des Raums aus an.

20

Er hat viele Fragen. Das Haus ist noch immer zu vertraut.

Er geht die Korridore entlang und sieht die Geister derer, die diese Welt verlassen haben. Eine Frau in Weiß flieht vor ihm den Gang hinunter. Hände pressen sich von hinten gegen ein Gemälde, suchen verzweifelt nach einem Fluchtweg.

Überall um ihn herum sind Geister. Der Junge und die anderen Gäste, in der einen Minute noch so lebendig, scheinen sich in der nächsten schon aufzulösen; durchsichtige Gespenster, verdammt dazu, an seiner Seite durch diese Korridore zu gehen, immer und immer wieder. Es ist so, als wären das Haus und die Gäste schon seit Ewigkeiten hier und würden es auch noch Ewigkeiten lang sein.

Ist auch er seit Ewigkeiten hier?

Es scheint ihm jetzt, als würde sich das Ganze – all die Tragödien, all die Tode – immer wieder und wieder abspielen, unter Henry Staufs wachsamem Blick.

In dem Moment, da ihm dieser Gedanke kommt, ist er überzeugt, daß es so ist. Der Erbauer dieses Hauses, der irre Spielzeugmacher, steckt hinter dem Ganzen. Er erkennt, daß Stauf der Schlüssel zu allem ist. In einem Haus voller Geheimnisse ist dies das wichtigste Geheimnis von allen. Wenn er Stauf findet, wird er sich auch daran erinnern, warum er hier ist.

Aber warum zeigt Stauf sich nicht? Warum versteckt er sich?

Wie zur Antwort hört er das Lied, das die Kinder wieder und wieder singen, von der Stelle, wo sie offenbar immer stehen, vor dem eisernen Tor.

Nur, daß das Lied diesmal etwas anders geht. Er bleibt stehen und lauscht. Vielleicht werden die Worte ihm enthüllen, was er schon so lange zu ergründen sucht:

Der alte Stauf, der hat ein Haus,
Gefüllt mit Spielzeug, schön und fein.
Sieben Gäste kamen des Abends zum Schmaus,
Jetzt hört man nur noch ihr Wimmern und Schrei'n.

Blut überall in der Bibliothek,
Blut in der Halle, der Küche, dem Flur,
Blut weist zum Dachboden rauf den Weg,
Wo der letzte Gast zur Hölle fuhr.

Ein kleiner Junge, der war der letzte,
Klammheimlich kam er bei Nacht.
Doch er war der Schlüssel, auf den Stauf setzte,
Er entließ die böse Macht.

Nicht einer der sieben kam wieder heraus,
Keinem ist die Flucht geglückt.
Doch der alte Stauf, der lauert im Haus,
Grausam, verderbt und verrückt …

Das war eine neue Strophe. Die über den Jungen. Und darüber, die Macht des Bösen freizusetzen.

Irgendwie hat er das Gefühl, die Kinder sängen nur für ihn.

Er hält in seiner Erkundung des Hauses inne, um sich in einem Spiegel anzusehen. Kein Spiegelbild schaut zurück. Statt dessen sieht er fahle Lichter im Dunkeln schimmern, Lichter, die Teil von etwas weit Größerem zu sein scheinen, so als würden sich mächtige Gestalten auf der anderen Seite des Spiegels drängen. Und all diese Gestalten wollen durch den Spiegel zu ihm herüberkommen.

Nein. Sie wollen weit mehr als das, Schlimmeres. Es sind Wesen, die nicht in diese Welt gehören. Stauf holt sie heran.

Jetzt fällt ihm alles wieder ein, und es ist wieder so, als wäre es schon viele Male zuvor passiert.

Er erinnert sich jetzt.
Er kennt die Antwort.
Er weiß, was getan werden muß.

21

Martine Burden ging voran. Genauso wollte sie es haben.

Sie drückte das Panel neben der Tür, und die zuvor verschlossene Tür schwang auf in einen Raum voller Gemälde. Die Porträtgalerie, so nannte man das wohl. Nicht, daß man den Leuten, die auf den Bildern zu sehen waren, hätte begegnen wollen.

»Ich habe den Raum vorhin entdeckt!« sagte sie, während sie Edward Knox hinter sich ins Zimmer zog. Sie hatte Mühe, ihrer Erregung Herr zu werden. »Und ich weiß, was das hier ist ...«

Aber Edward löste sich von ihrer Hand, um sich all die Gemälde um sie herum anzusehen.

»Sonderbare Bilder«, murmelte er und schüttelte mißbilligend den Kopf. »Krank.«

Martine seufzte leise. Armer Edward. Er war so leicht zu beeinflussen. Er war beinahe eine zu leichte Beute für ihre Verführungskünste gewesen.

Martine wußte, daß sie ihn bald leid sein würde. Aber wenn sie erst einmal Staufs kleines Spiel gewonnen hatten und aus diesem Irrenhaus heraus waren, dann konnte sie ihn immer noch für einen anderen verlassen. Und natürlich das ganze Geld mitnehmen. Das würde ein Kinderspiel werden. Schließlich vertraute Edward ihr.

Aber im Moment brauchte sie ihn. Er würde sie beschützen. Und für den Fall, daß jemand sterben mußte, würde es zuerst Edward Knox treffen. Und Martine würde sich dezent im

Hintergrund halten, bis es galt, sich die Belohnung zu holen. Sie würde den Gewinn ohne jedes Risiko einheimsen, und so würde, wenn es nach ihren Vorstellungen ging, auch der Rest ihres Lebens verlaufen.

Sie beschloß, Edward einen Moment Zeit zu geben, sich im Zimmer umzusehen. Bei all seiner Gefügigkeit war er doch gleichzeitig auch ein wenig langsam und stur. Er brauchte Zeit, sich umzugewöhnen. Jeder Mann hat seine Nachteile. Martine mußte einfach lernen, sie zu ihrem Vorteil zu nutzen.

Selbst sie mußte eingestehen, daß die Gemälde ziemlich bizarr waren, so als würde Stauf nur Kunstwerke sammeln, die das Leben verzerrten. Sie waren umgeben von riesigen Tableaux voller Phantasiegestalten und Porträts, die die dargestellten Menschen in Mißgeburten verwandelten. Es sei denn, die dargestellten Menschen waren von Anfang an Mißgeburten gewesen.

Martine fragte sich, was dieser Kunstgeschmack über ihren lieben Gastgeber aussagte. Vielleicht sollte sie froh sein, daß sie Mr. Stauf noch nicht kennengelernt hatte.

Aber da sie gerade an Mr. Stauf dachte – sie mußte Edward den Grund zeigen, weshalb sie hierhergekommen waren.

»Hier drüben, Edward«, sagte sie und deutete auf ein Gemälde, das genau in der Mitte der Galerie hing. »Das ist es, weshalb ich dich hergebracht habe.«

Edward drehte sich um und sah sich mit ihr zusammen das Bild an.

»Ah«, sagte er leise. »Ich verstehe.«

Sie betrachteten ein Porträt mit der Unterschrift »Henry Stauf«.

Nur, daß sein Gesicht aus verschiedenfarbigen Feldern zusammengesetzt war, einige fleischfarbene, andere rot und grün.

»Wie seltsam«, bemerkte Edward.

»Es ist möglich, die Farben zu verändern«, erklärte Martine

aufgeregt. Auch das hatte sie bei ihrem früheren Besuch in diesem Zimmer herausgefunden. Aber sie hatte das Rätsel nicht allein lösen wollen, für den Fall, daß es – nun, Konsequenzen hätte.

Sie griff unter das Bild von Stauf, drückte die untere Leiste des Rahmens, und eins der Felder wechselte von Rot zu Grün.

»Das ist unser Rätsel. Wenn wir es lösen, werden wir den Preis gewinnen.« Sie strich mit der Hand über Edwards Arm. »Warum versuchst du es nicht?«

Zuerst zögerte er, und dann, als er die Logik hinter dem Ganzen erkannte, mit mehr Zuversicht, machte Edward Knox sich daran, die Felder in Staufs Porträt zu verändern. In Nullkommanichts sah Henry Stauf gänzlich menschlich aus.

Nun, so menschlich, wie er halt aussehen konnte. Martine war abermals froh, daß sie sich Edward Knox zum Gefährten gewählt hatte.

Sie trat einen Schritt von dem Porträt zurück. Sie fragte sich, was wohl als nächstes passieren würde.

Plötzlich war der Rahmen leer und nur noch ein weißes Feld, wo Henry Staufs Porträt gewesen war. Einen Augenblick später war auch das Weiß verschwunden und durch ein anderes Bild ersetzt. Aber diesmal bewegte sich das Bild, wie ein Stummfilm.

Edward stockte der Atem. Aber Martine hielt angestrengt nach Hinweisen Ausschau, als wäre dies ein Rätsel innerhalb eines Rätsels und enthielte die Antwort, die ihnen ihre Belohnung einbringen würde.

Das erste, das an dem Bild ihre Aufmerksamkeit erregte, war der Junge.

Der Junge wurde durch eine Tür in einen Raum gezerrt. Er strampelte und schrie. Er sah zwei Menschen, die ihn zu etwas schleppten, das in einem Sessel thronte.

»Das sind wir«, flüsterte Edward und deutete auf die beiden mit dem Jungen. »Mein Gott – das sind wir!«

»Ja«, sagte Martine geduldig. Sie wandte sich lächelnd zu ihm um. »Jetzt wissen wir, was wir tun müssen. Wir müssen diesen Jungen finden.« Sie zeigte auf das sich noch immer bewegende Bild; der Junge stand nun ganz dicht vor dem Sessel, und das Ding griff nach ihm.

»Wir müssen den letzten Gast finden und ihn dort hinaufbringen.«

Dies war also das letzte Steinchen des Puzzles und der Schlüssel zu ihrer Belohnung.

Martine lächelte Edward an. »Was könnte leichter sein?«

Edward Knox nickte. So, wie Martine es beschrieb, war es tatsächlich ein Kinderspiel. Sie mußten sich nur den Jungen greifen und in jenem Raum abliefern, und all ihre Wünsche würden erfüllt werden.

Er sah die wunderschöne Frau in Rot an. Er war froh, daß Martine so zuversichtlich war. Es war ungewohnt, mit einer Frau zusammenzusein, die wußte, was sie wirklich wollte. Aber ihre Triebkraft und ihre Entschlossenheit würden sie beide zum Sieg tragen. Zusammen würden sie gewinnen.

Und sie würden alles bekommen. Edward würde sein altes Leben hinter sich lassen. Er und Martine würden irgendwo hingehen, wo Whitey Chester und seine Männer sie niemals finden könnten.

Es war alles möglich. Martine lächelte ihn an. So viel war jetzt möglich!

Er sah zu den anderen Porträts im Zimmer; die kranken, abartigen Gemälde schienen irgendwie zu dem Haus zu passen.

Ein Haus, das er als bedeutend reicherer Mann verlassen würde.

Aber was war mit seiner Frau? Was war mit Elinor?

Er hatte sich immer so wachsam um sie gekümmert. Jetzt wußte er nicht einmal, ob sie lebte oder tot war.

Was würde mit ihr geschehen? Whitey und die Jungs würden seiner Frau doch sicher nichts antun, wenn er verschwunden war? Die süße, hilflose Elinor. Sie wartete wahrscheinlich in ihrem Zimmer, bis alles vorbei war. Wenn sie alles hinter sich hatten, würde er Martine einen Augenblick allein lassen und seiner Frau sagen, daß es Zeit war zu gehen.

Und mit diesen Worten würde er sich aus dem Staub machen. Kein Lebewohl. Es war leichter so.

Edward hörte eine fremde Stimme. Er brauchte einen Moment, bis ihm bewußt wurde, daß das Gemälde, das er gerade ansah, zu ihm sprach.

»Wenn du meine Augen für groß hältst ...« sagte das Kind in dem Gemälde, »dann solltest du erst mal meine Zähne sehen!«

Dann öffnete das Kind seinen Mund, um riesige spitze Zähne zu zeigen, die eher zu einem Hai denn zu einem kleinen Kind gepaßt hätten.

Jetzt sprachen auch andere Gemälde, ihre Stimmen übertönten einander, während sie um Beachtung schrien.

Knox spürte, wie Martine seine Hand ergriff und ihn fortzog. Gott sei Dank besaß sie solche Geistesgegenwart.

Edward würde sich erst wieder wohl fühlen, wenn sie dieses Haus weit hinter sich gelassen hatten!

Die Stimmen riefen ihnen hinterher, als sie den Raum verließen, irre Gemälde in Staufs Irrenhaus. Wenigstens hielt Martine seine Hand. Für den Moment reichte das.

Er hoffte, daß sie seine Hand nie wieder loslassen würde.

Julia mußte zugeben, daß es vielleicht besser gewesen wäre, nicht ganz so skeptisch bei den Geschichten zu sein, die die Leute über dieses unheimliche Haus erzählt hatten. Denn *das hier* war tatsächlich unheimlich.

Der Topf auf dem Herd köchelte und blubberte vor sich hin, als wäre das Gas darunter noch immer voll aufgedreht.

Zuerst hatte sie gedacht, jemand habe vielleicht den Herd wieder angestellt, während sie ganz in dem Rätsel versunken gewesen war. Aber es war kein Feuer unter dem Kessel.

Der Eintopf brodelte wie ein Vulkan.

Es gab eine einfache Erklärung für das alles. Julia hatte schlicht Mühe, klar zu denken. So viel Wein, und nicht einen Bissen zu essen. Sie war hungrig. Und die Suppe sah so einladend aus, eine dicke, dunkelrote Brühe.

Julia nahm den großen Holzlöffel, mit dem sie die Suppe umgerührt hatte, und schöpfte etwas von der Oberfläche ab. Die Suppe war so heiß, daß Julia sehr vorsichtig sein mußte. Aber sie brauchte wirklich dringend etwas im Magen. Dann würde sicher alles wieder ins Lot kommen.

Etwas bewegte sich in dem Topf.

Explodierende Blasen spritzten Julia sengende Tropfen ins Gesicht. Julia schrie und ließ den Löffel fallen, als die heiße Flüssigkeit ihre Wangen verbrannte.

Vorsichtig spähte Julia über den Rand des Kessels. Etwas war im Topf aufgestiegen. Ein großes Stück Fleisch trieb an der Oberfläche der Suppe.

Und das Fleischstück schlug ein Paar Augen auf.

Andere Züge folgten, Suppe lief aus der Nase und dem offenen Mund.

Nein. Julia wollte weglaufen, aber sie konnte sich nicht rühren. Das konnte doch nicht sein! Es mußte am Wein liegen.

Der blutrote Kopf erhob sich aus dem blubbernden Topf und starrte Julia an, seine Augen nur Zentimeter von ihrem Gesicht entfernt.

»Bring ihn mir.« Dampf wallte von seinen Lippen, während er sprach. Sein Atem stank nach Tod und Verwesung.

Julia hatte noch nie in ihrem Leben etwas so Widerwärtiges gerochen. Sie wollte würgen, den ganzen Wein quer durch die Küche kotzen. Sie mußte von diesem Ding weg, bevor die Fäulnis, die seinem Mund entströmte, auch von ihr Besitz ergriff.

»Nein, bitte nicht ...« keuchte sie, »... laß mich ...«

Aber das Gesicht schien noch näher zu kommen. Ihre ganze Welt wurde einzig von dem Gesicht ausgefüllt, das sie anbrüllte, ihr befahl.

»Zu dem Raum ganz oben unter dem Dach!« fauchte das Gesicht. »Bring ihn zu mir!«

Was sollte das bedeuten? Julia verstand nicht. Sie mußte hier weg.

Sie schüttelte den Kopf.

Das Gesicht starrte sie an. Und zum ersten Mal sah Julia tief in jene Augen.

Dort war etwas, ganz tief drinnen. Etwas jenseits der Suppe und des Verwesungsgestanks.

Etwas, das Julia im tiefsten Winkel ihrer Seele ansprach. Etwas, das ihren Schmerz kannte, ihren Kummer, und das wußte, was sie wirklich brauchte.

Alles war jetzt anders. Wenn sie tief genug in diese Augen blickte, würde sie verstehen.

Das Gesicht riß seinen Mund auf, als wollte es ein Stück aus Julia herausbeißen.

Und dann verzog sich der Mund zu einem Lächeln.

Julia lächelte zurück.

22

Er beobachtete alles von seinem Turmzimmer aus. Das letzte Spiel ging endlich dem Ende entgegen.

Sie waren alle gekommen, alle sieben, so wie er es erwartet hatte. Schließlich war ihm versichert worden, daß sich alles zusammenfügen würde. Und wann hätten sich die Stimmen je geirrt?

Er hatte auf seine Weise dazu beigetragen. Schließlich

kannte er sich mit der Gier der Menschen aus. Und mit ihren erbärmlichen kleinen Träumen. Die ersten sechs hatten keine Wahl gehabt, als sie erst einmal die Einladungen erhalten hatten, den reichsten Mann der Stadt zu besuchen. Was blieb ihnen anderes übrig? Der freie Wille wurde unendlich überschätzt.

Und nachdem die Gäste erst einmal im Haus waren, gab es sowieso keinen freien Willen mehr.

In gewisser Hinsicht war der siebte Gast, der Junge, der leichteste von allen gewesen. Schließlich verstand Stauf, mit Kindern umzugehen. Besonders, wenn er sie bestechen konnte, die Dinge nach seinen Vorstellungen zu sehen und vielleicht eine Wette abzuschließen.

Stauf liebte es, so mit Menschen zu spielen, besonders mit der Art von Menschen, die früher über ihn gelacht hatten – die Menschen, die sich abgewendet hatten, wenn er um Geld oder Essen bat, die auf ihn herabsahen, weil er im Gefängnis gesessen hatte.

Wie alle Menschen – bis auf den letzten Mann –, die in dieser überheblichen kleinen Stadt lebten.

Oh, er mußte gestehen, daß es einige gab, die ihm vielleicht Beachtung geschenkt hatten, wenn sie glaubten, sie könnten dafür etwas von ihm bekommen. Wie dieser Barkeeper, der ihn in dem schäbigen Hinterzimmer untergebracht hatte, damit Stauf Spielzeuge für dieses quengelige Kind machen konnte. Stauf hatte ihm seine heuchlerische Freundlichkeit auf Heller und Pfennig zurückgezahlt, als das kleine Mädchen als erste beim Sterben an die Reihe kam. Das erste quengelige Kind, das aus dem Weg geschafft wurde.

Jetzt waren ein Drittel der Kinder der Stadt aus dem Weg.

Soweit es Henry Stauf betraf, war das ein großartiger Anfang.

Die Klagerufe der Eltern waren Musik in seinen Ohren. Henry Stauf ignorieren? Ihn anspucken, ihn beinahe aus der

Stadt jagen? Und dann, als er etwas hatte, das sie wollten, wie seine besonderen Spielzeuge zum Beispiel, konnten sie gar nicht mehr von ihm lassen, warfen ihm Geld geradezu hinterher. Aber sie hatten ihn nie wie einen Menschen behandelt.

Die anständigen Bürger dieser Stadt hatten einige Tatsachen übersehen. Henry Stauf vergißt nie. Und Henry Stauf zahlt immer auf Heller und Pfennig zurück.

Er wußte, daß das der Grund war, weshalb ihn die Stimmen ausgewählt hatten. Henry Stauf besaß eine ganz besondere Beharrlichkeit. Henry Stauf kannte kein Zaudern, wich nie von seinem Pfad ab; er war ein helles Licht, das den Weg wies.

Einige mochten ihn erbarmungslos nennen, einen Mann, der keine Reue kannte. Aber genau das brauchten die Stimmen. Er half ihnen nur zu gern, nachdem sie ihm gezeigt hatten, was er mit ihrer Hilfe alles tun konnte. Die Stimmen hatten Henry Stauf etwas angeboten, das kein Mensch je versucht hatte: ein schlichter Handel, ohne Haken und Ösen.

Und heute abend, nach all diesen Monaten der Planung und Schufterei, würde der Handel besiegelt werden. Und die sieben Gäste in Staufs Villa würden ihr Leben geben.

Schließlich war das der erste Teil des Handels.

Aber erst, wenn alle Gäste tot waren, würde es wirklich interessant werden.

23

Tad hatte nicht bemerkt, daß schon jemand in dem Zimmer war. Er wäre beinahe wieder hinausgestürzt, als er den alten Mann mit dem Umhang und dem Turban sah, der neben dem Schachbrett saß. Aber der alte Mann weinte.

»He, was ...« sagte der alte Mann, als er hochblickte und Tad entdeckte. »Wer bist du?«

Das war nicht Tads Absicht gewesen. Er gehörte nicht hierher. Er wollte niemandem begegnen.

»Ich will einfach nur hier raus«, erwiderte er beinahe gegen seinen Willen. »Bitte. Lassen Sie mich hier raus.«

Der Mann mit dem Turban sah ihn stirnrunzelnd an.

»Wer bist du?« fragte er barsch. »Warum bist du hierhergekommen?«

Tad wußte nicht, ob er irgendwelche Fragen beantworten sollte. Vielleicht sollte er hier verschwinden, weg von dem weinenden Mann und all seinen verrückten Freunden.

Aber der Mann hatte ihm nicht gedroht oder so. Tad konnte auch nicht einfach aus dem Zimmer rennen. Er mußte sich beruhigen, mußte versuchen, die Sache zu durchdenken. Vielleicht wußte der alte Mann, wie man hier wieder rauskam.

Der Mann mit dem Turban lächelte. Irgendwie fand Tad das beängstigender als seinen Zorn und seine Tränen.

»Warte!« rief der Mann aufgeregt. »Warte. Ich weiß, wer du bist. Ich weiß, wer du bist. Du bist der siebte Gast. Und was ich gerade gesehen habe ...«

Er blickte auf das Schachbrett vor ihm, dann wieder zu Tad.

»Nein«, beharrte er. »Ich verstehe. O lieber Gott, ich verstehe.«

Wovon redete der alte Mann? Er klang genauso verrückt wie die Dame unten, sah genauso verrückt aus wie die andere Dame ein Stück den Korridor entlang. Tad spannte sich an, bereit zur Flucht. Verrückt oder nicht, dieser Mann war ein Erwachsener; er könnte einen Schlüssel für die Vordertür haben. Tad mußte raus hier. Wie konnte er diesen Mann davon überzeugen?

»Mister, es tut mir leid«, brach es aus ihm heraus. »Ich bin einfach so hier reingekommen. Es war eine Wette.«

Aber der alte Mann zeigte weiter auf das Schachbrett, als sollte das etwas bedeuten. Wollte der Mann mit dem Turban, daß Tad mit ihm spielte?

»Der König!« Der Mann brüllte jetzt richtig. »Du bist es. Du ...«

Das war zuviel für Tad. Dieser Mann war genauso verrückt wie die anderen. Wer konnte wissen, was diese Leute mit ihm machen würden?

»Ich gehe jetzt, Mister«, erklärte er leise. Er wich zur Tür zurück. »Ich werde jetzt ...«

Der Mann mit dem Turban streckte die Hände aus, als wolle er Tad zurückhalten.

»Nein, bleib hier!« rief er ihm nach. »Lauf nicht weg. Du kannst nicht ...«

Aber Tad war schon verschwunden.

Elinor konnte nicht in diesem Schlafzimmer bleiben. Nicht nach dem, was geschehen war.

Sie schien ihre ganze Kraft zu brauchen, um sich vom Bett zu erheben. So, als hätte ihr Kampf mit – was war es gewesen? – Stauf, ein Gespenst, irgend etwas anderes, etwas, das einem Alpträume bescherte – ihr jeglichen Willen geraubt.

Aber das war das Ziel dieses verderbten Wesens. Elinor wußte, daß das, was hier geschehen war, ebensowenig ihrer Phantasie entsprungen war wie ihre anderen Visionen. Und sie war fest entschlossen, sich nicht geschlagen zu geben.

Endlich schaffte sie es, sich vom Bett hochzustemmen, und sie benutzte ihre letzte Kraft, um aus dem Zimmer zu taumeln.

Hamilton Temple stand ein Stück den Korridor entlang vor einer Tür. Er sah sie und winkte. »Elinor! Kommen Sie her.«

Seltsamerweise fiel ihr das Gehen nun bedeutend leichter, als hätte sie damit, daß sie ihr Schlafzimmer verlassen hatte, den Bann gebrochen. Sie gehorchte nur zu gern, war froh, daß im Augenblick jemand anderes die Entscheidungen traf. Sie ging mit schnellen Schritten den Korridor hinunter.

Temples Gesicht wirkte verändert, war ganz rot und aufgedunsen. Hatte er geweint? Zu wissen, daß dieser Mann weinen konnte, brachte ihn ihr näher. Sie fragte sich, ob er etwas ebenso Unheimliches – und Bestürzendes – hinter sich hatte wie sie.

Sie dachte daran, ihn um eine Erklärung zu bitten. Aber dann hätte auch sie vielleicht eine Erklärung abgeben müssen. Irgendwie konnte sie es nicht über sich bringen, ihm zu erzählen, was ihr passiert war. Noch nicht. Es war zu intim, zu persönlich. Vielleicht, wenn Temple sich zuerst ihr öffnete und darüber sprach, was ihn zum Weinen gebracht hatte, dann würde sie möglicherweise anders empfinden. Vielleicht.

An der Art, wie er winkte, konnte Elinor erkennen, daß er ihr etwas zeigen wollte. Etwas, was mit dem Haus zusammenhing. Und es war weit leichter für sie beide, über das Haus zu sprechen als über ihre eigenen Gefühle.

Temple deutete auf eine geschlossene Tür zu seiner Rechten.

»Diese Tür war zuvor verschlossen. Ich habe sie probiert, als ich hier heraufgekommen bin.« Er legte seine Hand auf die Klinke. »Aber jetzt?«

Er stieß die Tür auf.

Der Raum dahinter war von oben bis unten mit Puppen gefüllt, Regale über Regale.

»Puppen«, verkündete Temple das Offensichtliche. »Warum sollte Stauf dieses Zimmer, ein Zimmer voller Puppen, abschließen?«

Die beiden traten in den Raum, um sich eingehender umzuschauen. Elinor sah, daß jede Puppe anders war – die Kleider, die Frisur, das Gesicht. Es gab hier Hunderte von Puppen, doch nicht zwei von ihnen waren gleich.

Jede Puppe ist ein Individuum, dachte Elinor. Dann erschien ihr dieser Satz seltsam, aber trotzdem angemessen.

»Es sei denn …«, murmelte der Zauberkünstler.

Elinor sah Temple an. Er war kreidebleich.

»O Gott«, fuhr er leise fort. »Ich weiß, was das hier ist. Was all diese Puppen sind.«

Elinor runzelte die Stirn. Sie hatte keine Ahnung, wovon er redete. Sie fragte sich, ob es etwas mit dem zu tun hatte, was Temple vorhin passiert war.

»Sehen Sie denn nicht, was das hier ist?« fauchte er.

Elinor schüttelte den Kopf. Sie sah überhaupt nichts. Das waren doch nur Puppen – sehr lebensecht und erstaunlich detailgetreu –, aber eben doch nur Puppen.

»Das sind ...«, begann Temple, während Elinor die Hand ausstreckte, um die nahegelegendste Puppe zu berühren.

Aber die Puppen fielen ihm ins Wort.

»Ich möchte Architekt werden«, sagte die Puppe, die Elinor berührt hatte, ein Puppenjunge in Blue Jeans und einem türkisfarbenen Sweatshirt. Der Puppenjunge lächelte.

Temple berührte nun seinerseits eine Puppe, ein kleines Mädchen in einem hübschen geblümten Kleid.

»Ich liebe meine Mommy«, jammerte die zweite Puppe. »Wo ist meine Mommy?«

Elinor preßte sich die Hand vor den Mund. Sie kannte diese Stimme. Und sie kannte dieses Gesicht.

Sie hatte eine Freundin mit einer Tochter gehabt, ein kleines Mädchen namens Samantha. Aber Samantha war krank geworden, zur selben Zeit wie all die anderen Kinder. Der Arzt hatte nicht herausfinden können, was es war.

Samantha war gestorben –

Ihre Henry-Stauf-Puppe fest umklammert.

Elinor drehte sich um und sah Temple an. Sie konnte beinahe selbst nicht glauben, was sie gleich sagen würde. »Ich kenne diese Stimme. Das Kind hat ganz in unserer Nähe gewohnt. Sie wurde krank und ...« Sie sah an dem Zauberkünstler vorbei auf die unzähligen Regale voller winziger, makellos ausgearbeiteter Figuren.

»O Gott ... die Puppen ...«

»Sind die Kinder«, beendete Temple den Satz für sie. »Die Geister der Kinder wurden zu diesen Puppen.«

Stauf hatte die Kinder in Puppen verwandelt? Ein Dutzend verschiedener Gedanken schossen Elinor in den Sinn:

Wie konnte jemand ...
Es war furchtbar ...
Niemand würde glauben ...
Aber Elinor glaubte es.

Wie jeder es glauben würde, der einige Zeit in Henry Staufs Villa verbracht hatte.

»So war es«, fuhr Temple fort, und seine Überzeugung wuchs mit jedem Wort. »Stauf hat die Kinder genommen. Nicht alle. Eine gewisse Anzahl. Und ...«

Auf einen Schlag begannen alle Puppen zu sprechen, als hätten sie nur darauf gewartet, daß jemand ihr Geheimnis enthüllte.

»Bring mich nach Hause!«
»Ich will meinen Daddy!«
»Darf ich jetzt spielen? Bitte, bitte!«

Elinor nickte. Auf seltsame Weise ergab es alles einen Sinn. Sie konnte die Kinder – Hunderte von Kindern – um sich herum spüren.

Irgend etwas an diesem Haus oder Staufs Macht über dieses Haus hatte ihre Anwandlungen – ihre Ahnungen über das Gute und Böse in Dingen – in Schach gehalten. Aber als Stauf ihr erschienen war, als er sie gepackt hatte, als wolle er sich auch noch ihre Seele nehmen – hatte das die Barrieren eingerissen. Ihre Wahrnehmungsfähigkeit war zurückgekehrt. Sie konnte sehen, vielleicht klarer als je zuvor. Und sie sah in das Innerste dieser Hunderte von Puppen, jede belebt von dem Funken eines Kindes.

Aber warum? Elinor schloß die Augen und ließ sich von ihrem Gespür die Antwort geben.

»Eine bestimmte Anzahl«, sagte sie leise. »Sie wurden für heute abend gebraucht.«

Aber etwas fehlte. Es gab noch einen leeren Platz, eine

Lücke, die gefüllt werden mußte. Was immer der Zweck dieser Puppen sein mochte, welche Macht auch immer die Geister der Kinder hier gefangenhielt, es war noch nicht vollendet. Der Zauber war noch nicht abgeschlossen.

Temple starrte sie an. »Was haben Sie da gesagt?«

»Für heute abend« erwiderte sie. »Diese Kinder mußten gesammelt werden.«

Aber warum? Sie fuhr mit der Hand an der Reihe von Puppen entlang.

Offenbart mir euer Geheimnis, Kinder, flehte sie stumm.

Und die Kinder, oder die Geister, die einst Kinder gewesen waren, antworteten. Die Stimmen sprachen direkt zu ihr, in ihrem Kopf.

»So dunkel. So dunkel.«

»Sie dürfen uns nicht kriegen!«

»Sie können uns nicht mehr kriegen, Dummkopf. Wir sind tot.«

Also können die Geister nicht nur zu mir sprechen, dachte Elinor bei sich. Sie können auch miteinander reden.

Jemand kicherte. Ein anderer brach zusammen und weinte.

»Sie brauchen ein Kind …«, fügte eine weitere Geisterstimme hinzu, »… ein Kind, das noch lebt.«

Konnte sie ihnen auch Fragen stellen? Zumindest konnte Elinor es versuchen.

»Was meint ihr damit?« fragte sie die Puppen. »Ein Kind, das noch lebt?«

»Nur Kinder geben ihnen, was sie brauchen«, erwiderte eine Stimme. »Die Macht.«

»Die Kraft, hierherzukommen«, fügte eine andere hinzu.

Weitere Stimmen folgten, wurden immer lauter in Elinors Kopf, verlangten, gehört zu werden:

»Ich will meine Mommy!«

»Sie können uns nicht mehr weh tun. Wir sind tot.«

»Wir sind tot. Und wir sind gefangen.«

»Hilf uns. Hilf uns, von hier zu fliehen.«

»Laß sie nicht kommen!«

Es waren so viele. Sie würden Elinor überwältigen. Sie mußten etwas tun, und zwar schnell. Vielleicht war das der einzige Weg, sie alle zu retten.

Aber wie sollte sie erklären, was die Geister in diesen Puppen ihr erzählt hatten? Sie war nicht sicher, ob sie selbst es verstand.

»Es muß ein weiteres Kind auf dem Weg hierher sein«, begann sie. »Der letzte Gast, und ...«

Temple schüttelte den Kopf. »Nein. Nein. Er ist schon hier. Ich habe ihn gesehen.« Er blickte zurück zum Korridor. »Er ist weggelaufen.«

Das letzte Kind war schon hier? Dann blieb ihnen nicht mehr viel Zeit, weit weniger, als Elinor angenommen hatte. Die Kinder-Funken hatten große Angst.

»Weg«, murmelte Temple, als wäre der letzte Gast, der Junge, vielleicht auf immer verloren.

Er drehte sich eilig zu Elinor um. »Aber die anderen werden von dem Jungen erfahren. Was getan werden muß. Was mit ihm geschehen muß.«

Die anderen. Ja, Temple sprach von den anderen Gästen. Elinor wußte, daß einige – vielleicht sogar alle – bereit wären, einen Jungen für das zu opfern, was Stauf ihnen versprochen haben mochte. Die anderen. Schloß das ihren Mann mit ein?

»Wir müssen ihn finden«, beharrte Temple, »und ihn hinausschaffen.«

Ihn hinausschaffen? Ja, aber sicher doch. Elinor hatte so eine Ahnung – sehr vage noch, mehr ein Gefühl denn ein Bild – von dem, was Stauf tun würde, wenn er den siebten Gast erst in seiner Gewalt hatte. Diesmal überkam sie ein Gefühl, das alle anderen düsteren Vorahnungen, die sie in bezug auf das Haus und seinen Besitzer gehabt hatte, in den Schatten stellte. Es kam dem Ende der Welt sehr nahe.

Hinter ihnen drehten die Puppen nun schier durch und kreischten hysterisch.

»Helft mir!«

»Holt mich hier raus!«

Etwas Schreckliches würde in diesem Haus passieren – heute nacht –, es sei denn, jemand könnte es verhindern. Und jetzt wollte Temple, daß sie dabei half. Konnte Elinor das? Elinor, die ihr ganzes Leben wohlbehütet verbracht hatte, beschützt vor den Problemen der Welt, ja sogar vor sich selbst!

Aber sie mußte helfen, um des Jungen und der Geister der Kinder willen. Oder vielleicht auch nur, um ihre eigene Seele zu retten.

»Sie sehen oben nach, auf dem Dachboden«, wies Temple sie an. »Ich schaue mich unten um. Machen Sie schnell, bevor die anderen ...«

Sie nickte. Es war keine Zeit mehr für Worte. Sie folgte Temple eilig aus dem Zimmer.

Die Puppen schrien hinter ihnen, gefangen in ihrer eigenen unheimlichen Welt. Einige wiederholten nur Dinge, die sie gesagt hatten, als sie noch Kinder waren. Aber andere erhoben ihre Stimmen gegen das, was jetzt geschah. Und diese anderen hatten große Angst.

»Jetzt hab ich dich!«

»Ich möchte Architekt werden.«

»Und so kam eines Tages ...«

»Ich will meine Mommy!«

»Gib das her!«

»Nein, mir! Gib es ...«

»Holt mich hier raus!«

»Tu das nicht, bitte nicht.«

»Helft mir!«

Ihre Stimmen verhallten, als Elinor zu der Treppe zum Dachboden ging und Temple auf die Treppe nach unten zuhielt. All diese seltsamen, traurigen Puppen. Kinder, die keine

Kinder mehr waren. Und Elinor wußte nicht, ob sie überhaupt etwas für sie tun konnte.

Aber vielleicht gab es noch ein Kind, das sie retten konnte.

24

Brian Dutton wußte, daß die Stimmen von irgendwoher gekommen sein mußten.

Während er im Haus umherging, klopfte er gegen die Wände, zog an den Holzleisten, lauschte auf hohle Stellen unter seinen Füßen. Es mußte hier irgendwo einen Geheimgang geben.

Schon bevor er in diese verrückte Szene mit Hamilton Temple hineingestolpert war, hatte er erkannt, daß dies mehr als ein simples Spiel war. Komisch, daß niemand über die Implikationen von Staufs Briefen sprach. Für Dutton lag die Botschaft klar auf der Hand. Nur einer der sechs Gäste würde das Haus lebend verlassen. Sie spielten um Leben und Tod.

Leben und Tod. Aber Brian Dutton würde sie alle überleben, genau wie er vor all jenen Jahren seinen Bruder überlebt hatte.

Doch die Geheimgänge waren zu gut verborgen, zumindest bei einem ersten Rundgang durch die Eingangshalle und die Empfangsräume. Dutton hatte entschieden, daß er eine Ruhepause brauchte. Nur ein paar Minuten; schließlich trat er gegen die anderen fünf an. Er würde nicht gewinnen, wenn er nicht seinen Grips beieinander behielt. Also hatte er sich auf sein Zimmer zurückgezogen.

Und es war ein sehr hübsches Zimmer. Der riesige Orientteppich allein mußte Stauf mindestens drei Geschäftsabschlüsse gekostet haben. Und – wie aufmerksam – Stauf hatte ihm sogar eine Flasche Champagner hingestellt!

Dutton kicherte. Dies war genau der Lebensstil, der ihm schon immer vorgeschwebt hatte! Keine miesen kleinen Geschäfte mehr, die doch nichts abwarfen. Immer nur richtiges Geld und richtigen Luxus, und als Gegenleistung mußte er nur eine einzige kleine Aufgabe erfüllen, einen »besonderen Dienst« für Henry Stauf.

Er wünschte nur, Stauf würde sich nicht soviel Zeit damit lassen, ihm zu erklären, worin dieser Dienst bestand. Aber der Spielzeugmacher würde schon seine Gründe dafür haben.

Auf dem Bett lag ein Aktenkoffer, auf dem eine Anzahl Silbermünzen verteilt waren. Dutton dachte kurz daran, die Münzen einzustecken – sie sahen alt aus; sie hätten recht wertvoll sein können –, doch dann erkannte er, daß die Münzen und der Aktenkoffer darunter Teil eines weiteren Rätsels waren.

Das ganze Haus war voll von Rätseln – noch so eine von Staufs Eigentümlichkeiten. Dies hier mit den Münzen mutete kinderleicht an. Jede Münze hatte eine Zahl. Beinahe unwillkürlich begann Dutton, die Münzen hin und her zu schieben, die Anordnung so umzuarrangieren, daß sie mit dem Muster übereinstimmte, das in den Koffer eingestanzt war, dann drehte er die Münzen um, so daß die Zahlen in der richtigen Reihenfolge erschienen.

Es ging überraschend schnell, kaum ein Rätsel, wie man es von Stauf erwarten würde.

Dutton hörte, wie sich eine Tür öffnete.

Er blickte auf, bereit für einen Eindringling, vielleicht sogar Stauf selbst. Aber es war nicht die Tür zum Korridor, die aufgeschwungen war; es war die gewesen, die Dutton für die Kleiderschranktür gehalten hatte. Doch wenn sich je ein Kleiderschrank dahinter befunden hatte, dann war er nun verschwunden.

Statt dessen konnte Dutton einen Gang sehen. Und aus diesem Gang drang der Gesang eines Chors zu ihm herüber.

Dies war der Geheimgang, nach dem er die ganze Zeit gesucht hatte, und der Eingang war hier, in seinem eigenen Schlafzimmer. Welch wunderbare Ironie! Natürlich hatte Stauf es von Anfang an so geplant. Als Dutton das Rätsel gelöst hatte, hatte sich die Tür geöffnet: Staufs Belohnung für eine gute Arbeit. Dutton hatte das Gefühl, daß der Chor nur für ihn allein sang.

Er sprang vom Bett auf und eilte den Geheimgang entlang. Die Worte wurden verständlicher, je näher er kam.

»*Mystere, fara, Asteroth!*
Manitas, morto-ra
Hala, hala, Asteroth
Hass! Hass!«

Der Chor sang offenbar in einer fremden Sprache, einer lange toten Sprache. Die Musik schwoll an, als erwarteten die Sänger etwas oder jemanden. Vor Duttons geistigen Augen tauchte das Bild von gigantischen Steingöttern auf, ehrfurchteinflößende Geschöpfe von einhundertfünfzig Metern Höhe, die in die Felswände von Bergen gemeißelt waren. Wo war dieses Bild hergekommen?

Für den Moment war er froh, daß er nicht wußte, was die Worte des Chors bedeuteten.

Er trat in einen weiteren Raum, und der Chor verstummte.

Eine Kapelle, dachte Dutton bei sich. Zu beiden Seiten des langen Raums erstreckten sich Bankreihen. Die Wände waren üppig dekoriert. Doch als er die Schnitzereien genauer betrachtete, waren sie nicht das, was er erwartet hätte, nicht die üblichen Heiligen und Kreuze und Palmwedel. Statt dessen sah er lüstern geifernde Tiere, Dämonenfratzen mit Klauenhänden, die zu lästerlichem Gebet gefaltet waren. Und doch waren jene Phantasiegeschöpfe so lebensecht in ihrer Darstellung, daß sie aussahen, als würden sie jeden Moment von ihren

Simsen springen, sich auf den nichtsahnenden Besucher stürzen und ihn mit ihren Klauen in Stücke reißen.

Er schaute zum anderen Ende des Raums. Dort waren einige steinerne Stufen, die zu einem Altar hinaufführten, einem Tisch, der mit einem weinroten Tuch bedeckt war.

Dutton machte einen weiteren Schritt in den Raum hinein. Ein stechender Schmerz ließ ihn auf die Knie fallen. Er faßte sich an die Seite.

»O Gott«, keuchte er. »Dieser Schmerz.« Irgendwie gelang es ihm, sich zum Eingang des Raums zurückzuschleppen.

Und der Schmerz war vorbei.

Dutton sah zu der Stelle, auf die er gerade getreten war und wo er das Gefühl gehabt hatte, gleich sterben zu müssen. Er konnte keine Ursache für einen so plötzlichen Schmerz erkennen, keine spitzen Gegenstände oder Drähte. Und es waren auch keine Spuren an seinem Hemd zu sehen, wo er den Stich verspürt hatte – obgleich der Schmerz sehr real gewesen war.

Es war ein weiterer von Staufs Tricks. Dutton ließ seinen Blick abermals durch den Raum schweifen. Er hatte das Gefühl, daß Stauf wollte, daß er jenen Altar erreichte; das war der Grund, weshalb Dutton, und nur Dutton, den Chor hatte hören können. Etwas auf diesem Altar mußte mit dem besonderen Dienst zu tun haben, den Stauf in seinem Brief erwähnt hatte, jenen Dienst, den nur Dutton erfüllen konnte.

Aber wenn Stauf Dutton zu jenem Altar bringen wollte, warum versetzte er ihm dann solchen Schmerz, wenn er sich dem Stein näherte?

Es war ein weiteres Rätsel, erkannte er, eine weitere Prüfung. Bevor er seinen Herzenswunsch erfüllt bekam, mußte er sich dessen wert erweisen.

Dies hier war allerdings ganz anders als die vorherigen Rätsel, die vorherigen Prüfungen. Ein Fehltritt bei diesem Rätsel würde ihm Todesqualen einbringen. Zweifellos würden die

Qualen sich steigern, wenn er mehr als einmal einen falschen Schritt tat.

Er erkannte, daß ein Versagen bei diesem Rätsel sehr wohl im Tod enden konnte.

Aber dieses ganze Haus stank nach Tod. Dutton konnte sich umdrehen, die Kapelle und dieses schwierige Rätsel hinter sich lassen und trotzdem sterben. Oder er konnte weitergehen und alles gewinnen, was er sich immer gewünscht hatte.

Also löse das Rätsel oder stirb, sagte er sich.

Er blickte auf den Fußboden. Etwas hatte ihm Schmerz zugefügt – warum? Die Steine, aus denen der Fußboden zusammengesetzt war, waren ein buntes Durcheinander, Steine in allen Farben eines Harlekin-Kostüms.

Der Schmerz sagte ihm etwas. Es gab eine Regel, in welcher Reihenfolge er auf die Steine treten mußte.

Er machte einen Schritt nach vorn. Nichts. Er hatte richtig geraten. Der erste Stein war rot gewesen, dieselbe Farbe wie das Altartuch. Vielleicht bildeten die roten Steine den sicheren Weg durch den Raum.

Aber der zweite Schritt brachte ihm größeren Schmerz als zuvor.

Die geifernden Dämonenfratzen tanzten in seinem verschwommenen Blickfeld, als warteten sie nur darauf, daß er hinfiel, damit sie ihn in Stücke reißen konnten. Schatten huschten über die Steine, als würde sich im nächsten Moment der Boden auftun und ihn in den Tod stürzen lassen.

Dutton blickte auf und sah ein weiteres Buntglasfenster, passend selbst in dieser Kapelle. Und jenes Fenster enthielt alle Farben des Regenbogens.

Das könnte die Antwort sein, schoß es ihm durch den Sinn.

Der erste Stein, auf den er getreten war, war rot gewesen. Als er auf einen weiteren roten Stein getreten war, hatte ihn der stechende Schmerz durchzuckt. Er durfte also nur auf einen einzigen roten Stein treten, nicht mehr.

Auch die Bodenkacheln enthielten alle Farben des Regenbogens. Und er mußte dem Regenbogen zum Altar folgen.

Rot kam zuerst, dann Orange.

Kein Schmerz.

Gelb, dann Grün.

Noch immer nichts.

Blau. Ein Sprung zu Indigo. Dann Violett.

Dutton blickte auf und sah, daß er irgendwie mit diesen wenigen Schritten den Raum zum Altar hin durchquert hatte. Vorsichtig streckte er die Finger aus und berührte das Tuch.

Das Tuch begann, sich ganz von selbst zu heben.

Der Kerzenschein flackerte.

Und Dutton sah etwas, das nicht ganz wirklich war, sondern ihm den wahren Zweck dieses Raums enthüllte – vielleicht das, was seit dem Tag, an dem dieses Haus erbaut worden war, wieder und wieder in dieser Kapelle der Verdammten geschehen war.

Er sah Stauf, gekleidet in eine scharlachrote Robe, und er lachte wie ein irrer Priester. In seinen Händen hielt er einen nackten Säugling; aber das Kind schien sogar noch weniger real als Stauf, flackerte vor Duttons Augen, so als wäre es der Geist eines Kindes.

Was hatte diese Vision zu bedeuten? Kontrollierte Stauf die Geister von Kindern? Es würde Dutton nicht im geringsten überraschen, wenn es in diesem Haus spukte; es überraschte ihn eigentlich nur, wie bereitwillig er diesen Gedanken akzeptierte.

Aber im Innern von Staufs Villa war eben alles anders. Dutton war erst wenige Stunden hier, und schon akzeptierte er alles. Er konnte jetzt die Geister spüren, Hunderte von ihnen, als müßte er sich nur ihre Existenz eingestehen, damit sie sich ihm zeigten. Sie flogen durch die Kapelle, durch das ganze Haus, sausten hierhin und dorthin, angetrieben von der Energie der Jugend, als könnten sie sich noch nicht ganz eingestehen, daß sie tot waren. Doch so sehr sie auch umherflogen und -sausten, waren sie dennoch gefangen. Stauf hatte dafür gesorgt, daß es keinen Fluchtweg für die Geister gab.

Genau so, wie er dafür gesorgt hatte, daß es keinen Fluchtweg für seine sieben Gäste gab. Nein, erinnerte Dutton sich. Das galt nur für sechs der Gäste. Er war die Ausnahme. Brian Dutton hatte einen Gewinner aus sich gemacht. Er würde auch hier den Sieg davontragen.

Waren diese Gespenster – die Geister von Kindern – die Quelle von Staufs Macht? Dutton hatte das Gefühl, daß sie etwas damit zu tun hatten, aber das war noch nicht alles.

Denn er spürte noch etwas anderes in diesem Raum, etwas in der Nähe des Altars, etwas, das er nicht ganz sehen konnte, das aber trotzdem dort war, wie Nebelschwaden vor der Morgendämmerung. Dutton vermutete, daß es eine weitere Geistererscheinung war, etwas, das sich in Staufs Villa heimischer fühlte als in der Außenwelt.

Was konnte das sein? Dutton hätte beinahe laut gelacht. Er hatte plötzlich die Geister gesehen, und jetzt erwartet er, daß ihm alle Antworten auf einem silbernen Tablett serviert wurden.

Er trat näher an dieses »andere« heran; er wußte nicht, wie er es sonst hätte nennen sollen. Er wußte nicht, ob es nun ein großes Ding war oder mehrere kleinere. Er streckte die Hand aus, um es zu berühren ...

... und fühlte etwas jenseits von Kälte, jenseits von Finsternis, jenseits von Schmerz.

Er blickte auf seine Hand und war überrascht, daß sie noch intakt war.

Er erkannte, daß er die Hand bei der ersten Berührung weggezogen hatte, so wie man vor einem Feuer zurückwich.

Sie hatten kaum sein Fleisch berührt. Doch selbst beim flüchtigsten Kontakt konnte er spüren, wie sehr sie seine Wärme begehrten, wie sehr sie sein Leben begehrten.

Das waren Wesen, die nicht in diese Welt gehörten, zumindest nicht in die Welt, die Brian Dutton kannte. Aber Stauf hatte sie hierhergebracht, und sie gaben Stauf Macht. Sie waren dieser Welt jetzt so nah wie flüsternde Stimmen, die man nicht ganz verstehen konnte, aber es war Geflüster, das danach verlangte, zu einem Schrei zu werden.

Diese flüsternden Stimmen hatten diese Welt nie gesehen, aber sie sehnten sich danach. Dutton konnte ihr Verlangen spüren. Und Stauf half ihnen. Er benutzte dafür die Kinder.

Stauf erlangte Macht durch das Leben von Kindern?

Dutton schüttelte den Kopf. Es stand ihm nicht zu, ein Urteil zu fällen.

Er selbst hatte seinen eigenen Bruder im Stich gelassen, ein Kind, das unter dem Eis eines zugefrorenen Sees ertrunken war. Stauf konnte tun, was immer er wollte, mit wem immer er wollte, solange Brian Dutton gewann. Er konnte sich hundert unter dem Eis gefangene Kinder ansehen, während er sein Geld zählte. Brian Dutton würde wieder einmal der Gewinner sein.

Unvermittelt öffnete die Vision von Stauf ihren Mund und sprach. Dutton hätte beinahe vergessen, daß er überhaupt da war. Aber Staufs Worte waren leise, verzerrt. Dutton konnte keinen Sinn heraushören.

Stauf sprach murmelnd zu dem strampelnden Gespenst eines Kindes, einem gefangenen Geist.

Die Schemen kamen näher. Obwohl sie noch ein gutes Stück entfernt waren, glaubte Dutton sehen zu können, wie sie vor Energie vibrierten. Sie waren die Quelle von Staufs Macht, und sie würden auch Dutton Macht schenken. Die Muster, die sie produzierten, waren hypnotisierend; Dutton spürte, wie er in die Kälte, in den Schmerz hineingesogen wurde. Er mußte den Blick abwenden.

Er schüttelte den Kopf.

Staufs Abbild sah ihn durchdringend an. Der Spielzeugmacher, gehüllt in schwarzes Tuch, Meister dieser schwarzen Messe für die Wesen aus der anderen Welt, sprach jetzt endlich in Worten, die Dutton verstehen konnte.

»Es ist Zeit«, befahl Stauf. »Du mußt das Opfer bald darbringen. Es muß mir übergeben werden – lebend. Ein letztes Opfer.«

Für einen flüchtigen Moment verwandelte sich das Kind auf dem Altar, wuchs von einem Säugling zu einem Knaben knapp vor der Pubertät. Und Dutton erkannte, daß dies der Dienst war, den Stauf von ihm verlangte: er mußte dieses Kind finden und es Stauf bringen. Ein letztes Opfer, ein letzter Bestandteil des Pakts, den Stauf mit diesen flüsternden Stimmen geschlossen hatte.

Dutton zögerte.

Was würde geschehen, wenn diese Wesen auf die Welt losgelassen wurden – diese Wesen, die sich von Kindern nährten, diese Wesen, die sich vom Leben nährten?

Dann sah er seine Belohnung. Es war nur eine flüchtige Vision, aber es war wunderbar. Er sah ein luxuriöses Haus und Leute, die seinen Befehlen gehorchten, ihm jeden Wunsch erfüllten. Keine schäbigen Büros mehr, keine Geschäfte mehr, keine Schinderei mehr.

Und keine Sorge mehr, ob er besser als sein Bruder war. Was könnte man sich mehr wünschen?

Die flüsternden Stimmen würden ihm nichts anhaben. Dutton würde der Gewinner sein. Dutton würde besser sein als alle anderen.

Mit diesem Gedanken löste sich die Vision auf. Dutton blickte auf und sah, wie Stauf von oben auf ihn hinablächelte. Und der Gespenster-Stauf streckte ihm das Messer hin, das er in den Händen hielt. Ein Gespenster-Messer, dachte Dutton bei sich. Eine weitere Illusion.

Trotzdem griff er danach, und seine Hand schloß sich um die Klinge. Zu seiner Überraschung berührten seine Finger etwas Kaltes, Festes. Ein elektrischer Schlag durchzuckte ihn, als haftete dem Messer etwas von Staufs unbeschreiblicher Macht an, der Macht aus der anderen Welt. Dann erlosch die Energie, und Dutton fühlte das kalte Metall in seiner Hand. Das Messer war wirklich.

Stauf und die Wesen, denen er diente, brauchten ein wirkliches Opfer, um ihr Ziel zu vollenden; sie brauchten das Blut eines Jungen – eines Jungen, der schon im Haus war, nur wenige Meter entfernt.

Dutton hatte eine Aufgabe zu erledigen; seinen »besonderen Dienst«.

Und dann würde er seine Belohnung erhalten.

Nachdem Dutton gegangen war, rollte Stauf aus dem Schatten. Von allen Zimmern im Haus war ihm das hier das liebste. Diese Kapelle war der Ort, wo seine Macht wahrlich begann.

Er wollte sich den anderen nicht zeigen, bis der richtige Zeitpunkt gekommen war. Manche mochten denken, er wäre in gerade mal einem Dutzend Monaten um zwanzig Jahre gealtert, aber die äußere Erscheinung täuschte. Er war stärker als je.

Er ließ die Hand auf dem Altar ruhen, einem Altar, der mit Blut und vielleicht den Seelen von Kindern getränkt war.

Selbst jetzt konnte er die Stimmen der Kinder hören, die kleinen Fetzen ihrer Seelen, die noch immer in den Puppen gefangen waren. Sie riefen nach ihren Eltern und ihren Spielkameraden und all den Teilen ihres Lebens, die man ihnen genommen hatte.

Jene anderen Stimmen, die, die seine Hand führten, seit er jenen ersten Hammer aufgehoben hatte, um jenen ersten Schädel zu zertrümmern, sie hatten so viel von ihm verlangt. Aber er hatte ihnen gegeben, was sie brauchten.

Stauf vermeinte zu hören, wie die Puppen-Kinder wütender wurden, so als wollten sie ihn aus ihren hölzernen Gefängnissen heraus übermannen. Stauf wußte, daß das, was noch immer in diesen Puppen lebte, ihn haßte. Sie würden ihn vernichten, wenn sie die Gelegenheit dazu erhielten. Aber die anderen Stimmen hatten ihn zu einem höheren Zweck auserkoren.

Er spürte, wie die Macht durch seine Hände in ihn eindrang, ihn mit Freude und Entschlossenheit erfüllte. Es spielte keine Rolle, was er tun mußte. Wenn die Stimmen ihn in dieser Weise erfüllten, gab es keine Zweifel mehr.

Die Stimmen sangen für ihn. Er öffnete seinen eigenen Mund, um mit in den Gesang einzustimmen und die entfernten Stimmen der Kinder zu übertönen. Die Macht hob seinen Stuhl vom Steinfußboden und ließ ihn kreisen, richtete ihn auf sein Ziel aus. Die Zeit für den letzten Akt, der den Pakt auf ewig besiegeln würde, war gekommen.

Solange die Stimmen in ihm waren, konnte nichts Stauf aufhalten.

Tad rannte nach unten. Er wollte sich nicht verstecken. Er wollte raus, weg von all diesen Verrückten.

Er rannte zur Vordertür, in der Hoffnung, daß sie nun nicht mehr abgeschlossen wäre, daß es eine Möglichkeit gäbe, sie zu öffnen.

Er rüttelte an der Klinke, redete auf sie ein, flehte sie an, sich zu öffnen. »Komm schon, komm schon ...«

Sie rührte sich nicht.

Es gab kein Entkommen aus diesem verrückten Haus.

Seine Mutter hatte ihm erzählt, daß es Menschen gab, die Kindern schlimme Sachen antaten. Sie fingen Kinder ein, und dann machten sie ganz schlimme Sachen mit ihnen.

Tads Mutter hatte ihm nie erzählt, was das für Sachen waren. Sie hatte ihn nur auf diese typische Art angesehen, die Augen zu schmalen Schlitzen zusammengekniffen, und er konnte es sich ausmalen.

Schlimme Sachen. In dem verrückten Haus.

»Bitte!« rief er. Er konnte kein Schloß an der Tür entdecken, keinen Riegel, nichts. »Bitte ... komm schon!«

Aus der Küche erscholl ein Heulen. Tad war nicht einmal sicher, daß der Laut von einem Menschen stammte.

Er rannte in die entgegengesetzte Richtung.

Das erste Zimmer, in das er spähte, enthielt einen Flügel und eine Menge großer Pflanzen. Ein Stück weiter den Flur entlang, durch eine offenstehende Tür, konnte er einen weiteren Raum voller Bücher sehen. Das war das Zimmer, in dem sich die anderen versammelt hatten, das einzige Zimmer, das Tad noch nicht erkundet hatte. Vielleicht gab es dort ein offenes Fenster oder eine Tür nach draußen.

Der Flügel begann zu spielen. Es war eine Melodie, die Tads Mutter früher immer gesungen hatte; ein Wiegenlied. Damals, als seine Mutter ihn noch in den Schlaf gesungen hatte, bevor sie sich darauf verlegte, ihn einfach ins Bett zu scheuchen.

Tad blieb stehen und starrte den Flügel an. Das Instrument spielte ganz von allein. Tad hatte einmal eins von diesen komischen Klavieren gesehen, als seine Familie Ferien in den Bergen gemacht hatte. Ein Walzenklavier, so nannte man es.

Aber dann sah er Bewegung über den Tasten. Ein Händepaar, aber eben nur die Hände; die Finger schlugen die Tasten an, die Hände spielten Klavier.

Er wich zurück.

Und von hinten packten ihn andere Hände.

25

Die Akteure hatten nun alle ihre Requisiten erhalten, und der letzte Akt konnte beginnen.

Henry Stauf lehnte sich zurück und grinste. So ungeduldig

er gewesen war, jetzt wollte er den Moment noch eine Weile genießen.

Er hatte so wenige Momente wie diesen erlebt.

Natürlich hatte sich sein Leben zum Besseren gewendet, nachdem die Stimmen aufgetaucht waren. Stauf mußte nicht mehr nach den Regeln anderer Menschen leben oder versuchen, ihre Erwartungen zu erfüllen. Statt dessen hatte er seine eigenen Regeln aufgestellt, in Gestalt von Spielzeugen und Puppen und Rätseln.

Wer brauchte schon die Zustimmung eines Vaters oder einer Ehefrau oder gar eines Dorfgendarmen? Wieviel leichter war das Leben, wenn man Spiele spielen, Rätsel lösen konnte.

Spiele und Rätsel hatten ein Anfang und ein Ende. Spiele und Rätsel konnten kontrolliert werden. Nur, daß gelegentlich das Ende überraschend war.

Es gab weit weniger Überraschungen, wenn man alle Spiele selbst erschuf.

Stauf besaß – unter Anleitung der Stimmen – Erfindungsgeist und die Gabe, Dinge zu erschaffen, die Kinderseelen ansprachen.

Die Kinder waren erst der Anfang.

Diese erbärmlichen, jammernden Kinder. Es war so leicht, ihr Vertrauen zu gewinnen. So leicht, ihnen die Werkzeuge ihrer eigenen Vernichtung in die Hand zu geben und sie sogar dazu zu bringen, daß sie danach verlangten.

Alles, um die Stimmen zu nähren. Und die Stimmen revanchierten sich bei Henry Stauf.

Nun war der Zeitpunkt für den letzten Akt gekommen. Und dieser Akt würde darin bestehen, sechs der untadeligen Bürger dieser Stadt aufeinanderzuhetzen – die besagten Knoxes, die Art von Ehepaar, das nie einen Blick für den obdachlosen Henry Stauf übrig gehabt hatte; die wunderschöne Martine Burden, zu überzeugt von sich, um einen Gedanken an einen kahl werdenden Mann zu verschwenden, der in der

Gosse lebte; der windige Geschäftsmann Brian Dutton, der liebend gern jeden ausnutzte, solange er ihm hinterher noch einen Tritt in den Hintern versetzen konnte; und der einstmals berühmte Hamilton Temple, der tatsächlich das eine oder andere über Magie wußte.

Stauf kicherte. Es würde ein Heidenspaß sein, Zeuge ihres Untergangs zu werden.

Und was war mit seinem anderen geladenen Gast? Mit der alternden, selbstverliebten, trinkenden Julia Heine hatte er etwas ganz Besonderes vor. Schließlich erinnerte sie ihn so sehr an seine Mutter.

Und dann war da noch der letzte Hausgast, der siebte Gast: Tad Gorman, ein Kind, so unschuldig, so leicht zu manipulieren. Eigentlich vollkommen schuldlos. Stauf stieß ein Lachen aus. Seine Vernichtung würde der Höhepunkt von allem sein.

Denn das Blut des Kindes würde den Weg bereiten.

Stauf konnte seine Erregung kaum bezähmen.

Endlich würden die Stimmen ihr Versprechen einlösen. Und Stauf würde den Stimmen die Herrschaft über die Welt geben.

Seht ihr, was geschieht, Leute? Seht ihr, was geschieht, wenn ihr Henry Stauf so behandelt? Ihr habt euch nie auch nur einen feuchten Dreck um mich geschert!

Und er hatte sich nie einen feuchten Dreck um sie geschert. Den anderen fehlte das nötige Verständnis. Er mußte sich nicht an ihre Regeln halten.

Henry Stauf bereitete den letzten Akt vor. Endlich würde er bekommen, was ihm zustand.

Zum ersten Mal in seinem Leben war Henry Stauf glücklich.

Und das waren sehr schlechte Nachrichten für den Rest der Welt.

Er würde es ihnen allen heimzahlen.

26

Jetzt hatte Dutton ihn. Der siebte Gast war bereit, ihrem Gastgeber auf einem silbernen Tablett serviert zu werden. Als Gegenleistung würde Henry Stauf Brian Dutton geben, was er sich von Herzen wünschte.

Dutton packte das Kind, und der Junge fing augenblicklich an, um sich zu treten, als wüßte er, daß es um Leben und Tod ging.

Denn genau darum ging es. Tod für den Jungen, ein phantastisches Leben für Brian Dutton.

Dutton schüttelte seinen Gefangenen ein paarmal durch, um ihn zu ermüden. Er mußte ihn fest packen und konnte keine Hand lösen, um ihm einen richtigen Schlag zu versetzen, damit er endlich Ruhe gab. Außerdem mußte er sich vorsehen. Er wollte die Ware nicht beschädigen. Ein kleiner Unfall, und alles könnte verloren sein. Stauf hatte deutlich betont, daß er das Kind lebend haben wollte.

Der Junge hörte einfach nicht auf, sich zu wehren. Es wurde langsam ermüdend. Dutton war schon durch die Hölle gegangen, um zu bekommen, was er haben wollte. Er dachte an das Messer, das er unter seinem Jackett verborgen trug. Aber das wäre im Moment zu riskant. Dieser Bengel hatte verdammtes Glück, daß Stauf ihn in einem Stück haben wollte.

Trotzdem, er mußte es dem Jungen ja nicht auf die Nase binden. Dutton beugte sich dicht an das Ohr seines Gefangenen und flüsterte.

»Hör auf zu strampeln. Hör auf, oder ich zerquetsche dich, bis du platzt.«

Das ließ den Jungen kleinlauter werden. Dutton grinste. Ein bißchen Angst konnte Wunder wirken.

Hinter ihnen spielte der Flügel weiter, nun eine lebhaftere

Melodie als zuvor, als wolle er Dutton und den Jungen zu einem Tänzchen animieren.

Nebenan in der Bibliothek flog die Glastür zum Garten krachend auf. Dutton hörte das Rascheln von Laub und das leise Prasseln von Regen auf dem Zement des Patio. Vielleicht konnte das Haus seine Erregung nicht länger bezähmen und hatte all seine Türen aufgestoßen, um nicht vor Freude zu bersten. Das Ende – das furiose Ende – war ganz nah; nur noch zwei Treppen entfernt.

Natürlich nur das Ende für andere, und der Anfang von Duttons Belohnung. Aber zuerst mußte er etwas erledigen.

Er mußte den Jungen nach oben bringen, ganz nach oben. Nach oben in den Raum unter dem Dach des Hauses, zum Gipfel dieser wildgewordenen Villa. In den Raum, wo Stauf die ganze Zeit über gewartet hatte.

Dutton machte sich daran, den Jungen zurück zur Eingangshalle und zur Treppe zu zerren.

Er drehte sich zur Tür um, den strampelnden Jungen noch immer an seine Brust gedrückt. Das würde etwas schwierig werden, aber Dutton würde schon einen Weg finden. Es war sein Bruder gewesen, der gestorben war. Brian Dutton war der Gewinner.

Die Tür war direkt vor ihnen. Dutton machte den ersten Schritt auf seine großartige Belohnung zu.

Und Edward Knox und Martine Burden traten ins Zimmer.

Der Mann hielt Tad den Mund zu. Tad versuchte sich loszureißen, die Hand über seinem Mund zu beißen. Aber der Griff des Mannes war zu stark, seine Hand zu fest über Tads Kiefer gepreßt. Tad konnte seine Lippen nicht bewegen.

Der Mann hielt auch Tads rechten Arm gepackt, die Erwachsenenfinger gruben sich schmerzhaft in die Jungenmuskeln. Und jedesmal, wenn Tad sich wehrte, wurde der Griff noch fester.

Aber Tad konnte noch immer sehen.

Zwei andere Leute kamen in den Raum. Eine hübsche junge Frau, etwa Mitte Zwanzig, und ein hagerer Mann, ein paar Jahre älter als Tads Vater. Die Frau lächelte und berührte den Arm dieses anderen Mannes, so als würden sich die beiden ins Fäustchen lachen oder ein Geheimnis teilen. Der hagere Mann sah aus, als wäre er lieber ganz woanders.

Vielleicht können sie den Mann aufhalten, der mich gepackt hat, überlegte Tad. Vielleicht werden sie mir helfen. Vielleicht sind ja nicht alle hier verrückt.

Statt dessen starrten die beiden Neuankömmlinge Tad an, als wäre er das Geheimnis, über das sie gesprochen hatten. Als würden sie sich tatsächlich ins Fäustchen lachen.

»Er gehört uns, Dutton«, sagte der hagere, nervöse Mann. »Wir haben herausgefunden, was getan werden muß. Er gehört uns ...«

Tad verdrehte den Hals, um den Mann anzusehen, der ihn festhielt, den Mann namens Dutton. Aber Duttons Griff war noch immer zu stark.

»Nein«, sagte Dutton. »Ich habe den Jungen. Ich habe gewonnen. Ich habe das Rätsel gelöst.«

Sie stritten sich um ihn, als wäre er eine Art Trophäe. Für was? Tad wollte lieber nicht darüber nachdenken. Eins war sicher: Keiner dieser drei Leute dachte auch nur daran, Tad zu fragen, was er wollte.

Die Worte seiner Mutter über böse Menschen und schlimme Sachen kamen ihm wieder in den Sinn. Unwillkürlich schauderte er.

Dann berührte die Frau den Mann abermals. Tad hatte in der Schule gesehen, wie sie ein anderes Kind schubsten, damit es etwas machte, was es eigentlich nicht tun wollte.

So wie Billy Dumphy und all die anderen Kinder Tad gedrängt hatten, in dieses Haus zu gehen. Würde der hagere, nervöse Mann genauso dumm wie Tad sein?

Der hagere Mann machte einen Schritt auf Dutton zu.

»Wir nehmen ihn.« Der hagere Mann versuchte, einschüchternd zu klingen, aber auf Tad wirkte es irgendwie gezwungen, als wäre er nicht daran gewöhnt, so aufzutreten. »Wir bringen ihn rauf zum Dachboden. Rauf zu Henry Stauf und unserer Belohnung.«

Der hagere Mann trat einen weiteren Schritt auf sie zu. Er sah aus, als müsse er all seinen Mut zusammennehmen, wie Kinder es vor einem Kampf tun.

Dutton ließ Tads Arm los. Tad konnte spüren, wie er sich hinter ihm anspannte.

Etwas Silbernes blitzte rechts von Tad auf. Er versuchte, sich von der Hand loszureißen, die noch immer seinen Kiefer gepackt hielt, versuchte sich umzudrehen, um den Mann besser sehen zu können.

Duttons Griff lockerte sich kurz, bevor seine Hand sich wieder wie eine Stahlzwinge um den Kiefer des Jungen legte, und Tad konnte das silberne Ding neben seinem Ohr sehen.

Dutton hatte ein Messer gezückt.

Aber seine ganze Aufmerksamkeit galt dem Mann und der Frau am anderen Ende des Raums, und er hielt Tad nur mit einer Hand fest. Wenn Tad sich nur von dem Messer wegwinden könnte, dann könnte er sich vielleicht losreißen.

»Geben Sie uns den Jungen, Dutton«, beharrte der hagere Mann. »Wir wissen, was mit ihm zu tun ist.«

»Leck mich«, gab Dutton zurück.

Tad ahnte, daß das die falsche Antwort war. Der andere Mann bleckte die Zähne. Er brüllte und stürzte sich wie ein wilder Stier auf Dutton.

Die Hand schnellte von Tads Mund weg. Tad fiel zu Boden. Aber er war frei!

Der hagere Mann rammte Dutton, stieß fest gegen seinen Arm. Das Messer fiel zu Boden. Tad rollte von den beiden ringenden Männern weg. Vielleicht konnte er sich im Kampfgetümmel unbemerkt zur Tür verdrücken. Für den Moment mußte er sich jedoch in Deckung halten, bis der richtige Zeitpunkt gekommen war.

Der Flügel spielte immer noch, schneller als zuvor, als wären sie alle in einem dieser Filme, die Tad sich manchmal am Samstagnachmittag ansah. Es klang wie die Hintergrundmusik zu einer Prügelei in einer Bar.

Die Frau umging die kämpfenden Männer vorsichtig. Sie kniete sich hin und griff nach dem Messer. Sie rief nur ein Wort:

»Edward!«

Der hagere Mann sah sich um und befreite eine seiner Hände lang genug, um das Messer aus der Hand der Frau zu nehmen. Dabei waren die beiden Männer zwischen die Frau und Tad getaumelt. Das gab Tad freie Bahn zur Tür und der dahinter liegenden Eingangshalle.

Plötzlich hörte Tad einen Schmerzenslaut. Er sah, wie das Messer Duttons Hemd aufschlitzte und zwischen seine Rippen glitt. Der andere Mann, Edward, zog es heraus, das silberne Metall nun mit einem intensiven, dunklen Rot bedeckt.

Dutton stieß einen kehligen Laut aus, halb Stöhnen, halb Lachen, als er sein Blut auf dem Messer sah.

Und Edward stieß noch einmal zu.

Der Flügel spielte schneller und schneller, während sich die Seite von Duttons Hemd rötlich-braun färbte.

Tad sah ihn an. Die Frau rannte eilig an den Männern vorbei, die Hände nach Tad ausgestreckt.

»Komm her, du ...« begann sie.

Aber Tad war schon aufgesprungen und rannte, was das Zeug hielt.

Er rannte aus dem Zimmer. Aber wo sollte er hin? Nicht nach oben. Sie hatten ihn nach oben bringen wollen. Dort mußte etwas Schlimmes sein. Schlimme Leute, die schlimme Sachen vorhatten. Etwas, um das er einen großen Bogen machen sollte.

Sie hatten auch etwas über den alten Stauf gesagt. Er war also dort oben und wartete auf Tad. Wartete darauf, schlimme Sachen mit ihm zu machen. Tad erinnerte sich an den Reim, den alle Kinder vor der Villa gesungen hatten.

»Blut überall in der Bibliothek,
Blut in der Halle, der Küche, dem Flur,
Blut weist zum Dachboden rauf den Weg,
Wo der letzte Gast zur Hölle fuhr.«

Und die Stelle über Stauf: »Grausam, verderbt und verrückt.« Tad glaubte jedes Wort davon.

Während er durch die Eingangshalle lief, versuchte Tad, sich an alles zu erinnern, was er in den anderen Zimmern gesehen hatte. Und da fiel es ihm wieder ein: Als er sich in der Küche versteckt hatte, hatte er eine Treppe entdeckt, die nach unten führte. Alles, was er im Erdgeschoß ausprobiert hatte, war abgeschlossen. Aber vielleicht konnte er durch den Keller hinauskommen.

Er rannte durch die Eingangshalle und schlüpfte in die Küche, in der Hoffnung, daß er außer Sicht sein würde, bevor die anderen bemerkten, wohin er wollte.

27

Hamilton Temple hatte nach dem Jungen gesucht.

Statt dessen hatte er dies gefunden.

Neben der Treppe zwischen dem Erdgeschoß und dem ersten Stock hatte sich eine Tür geöffnet. Zumindest vermutete Temple, daß es so gewesen war. Tatsächlich war er nach unten geeilt, und im nächsten Moment war er halb laufend, halb stolpernd in diesen Raum geraten.

Temple wußte, daß er diesen Raum nicht auf normalem Weg erreicht hatte. Was sehr gut zu diesem Haus und diesem

Abend paßte. Nach Aussage von Elinor Knox würde heute nacht etwas passieren; deshalb waren sie hier, um an diesem Ereignis teilzuhaben. Und je näher sie ihm kamen, desto weniger galten offenbar die Regeln der wirklichen Welt.

Vielleicht konnte man in diesem Zauberhaus also auch Zaubersprünge machen. Temple konnte sich keine andere Erklärung dafür denken, daß er plötzlich in diesem Zimmer gelandet war.

Aber wenn er den Raum zufällig gefunden hatte, dann war es anderen vielleicht ebenso ergangen. Er mußte vorsichtig sein. Stauf erhöhte immer wieder den Einsatz, hetzte die Gäste aufeinander. Schon bald würden auch die letzten Reste zivilisierten Verhaltens abgelegt sein, verloren in dem verrückten Wettstreit um den versprochenen Preis. Schließlich konnte es nur einen Gewinner geben, wie Stauf in seinem Brief an Temple – und zweifellos auch in den anderen Briefen – erklärt hatte.

Also ging es bei Staufs Wettbewerb im Grunde ums Überleben – zweifelsohne mit einigen Extra-Punkten für Rücksichtslosigkeit. Und welcher der Gäste würde überleben?

Temple traute Brian Dutton und Martine Burden nicht über den Weg; er vermutete, daß beide wohl alles tun würden, um ihre Wünsche erfüllt zu bekommen. Edward Knox war überheblich, aber er war schwach. Für sich genommen stellte er vermutlich keine Gefahr dar, aber er konnte leicht von anderen manipuliert werden. Elinor Knox hingegen schien ein gutes Herz zu haben. Sie war die einzige unter den Gästen, der Temple zumindest ansatzweise vertraute, die einzige, auf die er im Kampf gegen Stauf vielleicht zählen konnte.

Das brachte ihn zu Julia Heine, die offenbar ihre gesamte Zeit mit dem Versuch zubrachte, sich um den Verstand zu trinken. Temple hielt Miß Heine nicht für eine direkte Bedrohung, obgleich in einem Haus wie diesem selbst sie über etwas stolpern könnte, das möglicherweise gefährlich für den Jungen oder die anderen wäre.

Temple würde sich vor ihnen allen in acht nehmen müssen. Und wenn möglich mußte er sie alle – mit Ausnahme von Elinor – daran hindern, an den Jungen zu kommen.

Aber wer mochte sonst noch hier sein? Dieser Raum, auf den Temple gestoßen war, schien so etwas wie ein Laboratorium zu sein. Offenkundig war es nicht sonderlich groß. Trotzdem – der äußere Anschein konnte an einem Ort wie diesem trügen.

»Junge?« rief er.

Er sah sich wachsam um, für den Fall, daß sich sonst noch jemand in den Schatten versteckte.

Der Raum war mit wissenschaftlichen Geräten vollgestopft. Die Tische und Regale waren bedeckt mit Reagenzgläsern, Glaskolben und seltsam anmutenden Instrumenten. Größere Gefäße hingen von der Decke, gefüllt mit dunkelroter Flüssigkeit, von der Temple inständig hoffte, daß es kein Blut sein möge. Die gegenüberliegende Seite des Raums wurde vollständig von einer riesigen Maschine eingenommen, die von zwei elektrischen Spulen gekrönt war. Temple hatte keine Ahnung, was Stauf mit all diesen Dingen anfing. Das ganze Labor sah aus, als stammte es aus *Dr. Jekyll und Mr. Hyde* oder *Metropolis*.

Offensichtlich hatte Stauf hier eine sehr gut ausgerüstete Forschungseinrichtung geschaffen. Aber wonach forschte er?

Immerhin war es möglich, daß dieser Raum einige Antworten enthielt, wenn Temple nur begreifen könnte, wozu die Gerätschaften dienten.

Er hörte keine anderen Geräusche im Raum. »Junge?« rief er abermals. Eine riesige Glastür schien in eine Art Kühlraum zu führen. Temple drückte die Klinke, aber die Tür war abgeschlossen. Hoffentlich hatte der Junge genügend Grips besessen, sich nicht dort drin zu verstecken. Am Ende würde er noch tiefgefroren.

Temple war sowohl fasziniert als auch enttäuscht. Er hatte

das Gefühl, daß dies hier der Ort war, an dem Stauf etliche der Tricks erdachte, die im ganzen Haus verteilt waren, ermöglicht eher durch Wissenschaft denn durch hochentwickelte Magie. Sie mochten übernatürlich anmuten, aber ihre Ursachen waren höchstwahrscheinlich nur zu real.

»Das ...« murmelte er, während er mit der Hand über die Oberfläche eines der bizarren Geräte fuhr. »Ja. Das ist es. Keine Magie, sondern nur kranke ...«

Sollte er es Wissenschaft nennen? Es sah aus, als wäre Stauf in völlig neue Bereiche der Esoterik vorgedrungen. Vielleicht war hier doch noch ein wenig Magie zu finden.

Funken sprühten zwischen den beiden Spulen an der Wand. Einige Maschinen arbeiteten also. Das könnten die Maschinen sein, die für die Effekte im Haus verantwortlich waren. Es würde nicht schwer sein, für die meisten von ihnen eine wissenschaftliche Erklärung zu finden. Vielleicht gab es versteckte Tonbandgeräte, die die Stimmen für die Puppen lieferten.

Sicher, Elinor Knox hatte geglaubt, daß ein tieferes Geheimnis hinter jenen Puppen steckte, etwas, das Temple in jenem Moment bereitwillig akzeptiert hatte. Aber Übernatürliches war so schwer zu beweisen – oder zu widerlegen. Das Verwischen der Grenze zwischen dem Möglichen und dem Unmöglichen war der Eckpfeiler jedes guten Zauberkunststücks. Und Stauf hatte ein Zauberkunststück von atemberaubender Komplexität ersonnen.

Ein Teil von Temple kam nicht umhin, die schiere krankhafte Energie zu bewundern, die in die Konstruktion all dieser Tricks und Rätsel geflossen war. Stauf war wahrlich verrückt; Temple war mit jedem Moment, den er in diesem Haus verbrachte, überzeugter davon. Aber sein Wahnsinn schien Methode, irgendeinen aberwitzigen Zweck zu haben, den Temple nicht einmal erahnen konnte.

Er hoffte noch immer, daß wahre Magie hinter all dem steckte.

In diesem Raum mußte es einige Hinweise darauf geben, wie Stauf das Ganze kontrollierte. Vielleicht konnte man sogar herausfinden, wo sich der Spielzeugmacher versteckte. Und es würde auch nicht schaden, etwas so Simples zu entdecken wie einen Mechanismus, um die Haustür zu entriegeln.

Temple nahm ein kleines Buch vom Tisch in der Mitte des Labors. Es schien eine Art Tagebuch zu sein.

»Ich habe heute einen Weg entdeckt, mit meinen Stimmen zu kommunizieren«, las Temple laut.

Seinen – Stimmen? Was bedeutete das? Hatte Stauf all diese Informationen von jemand anderem erhalten?

Temple blätterte weiter, überflog die dicht beschriebenen Seiten, auf denen Henry Stauf stolz von der Frau berichtete, die er ermordet hatte – ein Verbrechen, für das man ihn nie zur Rechenschaft gezogen hatte; ein Ereignis, das irgendwie – zumindest, wenn man Staufs verwirrtem Gehirn folgte – zu der Erschaffung seiner ersten Puppe geführt hatte.

Laut Stauf stammten seine Stimmen aus einer anderen Welt – vielleicht sogar aus einer anderen Dimension. Sie besaßen große Macht, verlangten aber auch große Opfer.

Besonders die Opferung von Kindern.

Doch die Stimmen waren nicht mehr zufrieden mit den Opfern, die Stauf ihnen darbot. Sie wollten in diese Welt gelangen, damit sie sich selbst ihre Opfer suchen konnten.

Laut dem Buch in Temples Händen hatte Stauf versprochen, diesen Wesen mit einem letzten Opfer den Weg zu bereiten – heute nacht. Der Weg würde durch den Tod der älteren Gäste bereitet und dann, wenn die Zeit gekommen war, durch das Blut des Kindes ...

Temple konnte nicht weiterlesen. »Ich wollte Macht, wahre Magie. Wenn sie existiert. Deshalb bin ich hergekommen. Aber nicht das hier ...«

Er blickte auf und sah einen Geist auf dem Tisch vor sich erscheinen, den Geist eines Mannes mit einem Loch in seinem

Schädel. Der Mann beugte sich über die Tischkante und holte ein Gehirn aus einem großen Eimer.

Es war ein kleines Tableau, speziell für Temple dargeboten. Eine Ablenkung, um ihn hierzuhalten, um ihn davon abzuhalten, Staufs Pläne zu durchkreuzen.

Nun, es würde nicht funktionieren. Temple warf das Buch zurück auf den Tisch. Es segelte durch den Geist, und der Geist verschwand.

Temple war alt und müde, aber er würde gegen Henry Stauf und das Böse, das er in diese Welt bringen wollte, kämpfen, mit jedem Quentchen Kraft, das ihm noch geblieben war.

Er mochte hier Antworten finden, aber es bestand auch die Gefahr, daß er eingelullt wurde, bis er den Jungen vergaß.

Er würde nicht zulassen, daß Stauf gewann.

Er hatte noch eine letzte Aufgabe zu erfüllen. Er mußte den Jungen und Elinor Knox finden und mit ihnen zusammen aus diesem Haus fliehen.

Vielleicht würde er irgendwann einmal zurückkehren, um Staufs Geheimnisse zu ergründen, aber erst, wenn nicht mehr das Leben von anderen auf dem Spiel stand.

Möglicherweise hielt sich Stauf sogar mit dem Blut von Kindern am Leben. Es gab einige Dinge, in die Temple nicht tiefer eindringen wollte.

Er eilte den Weg zurück, den er gekommen war.

Aus dem Erdgeschoß hörte er die Schreie eines verängstigten Kindes.

Martine Burden konnte es einfach nicht glauben. Das Kind hatte es geschafft, aus dem Zimmer zu entkommen.

Dutton war auf die Knie gesackt, und Blut strömte aus seiner Wunde. Und Edward Knox starrte wie ein Ochse auf das Messer in seiner Hand, als hätte er noch nie Blut gesehen.

»Edward!« rief Martine ihn. »Das Kind! Es entkommt uns!«

Knox riß den Kopf herum und sah sie an, als wäre er überrascht, daß sie noch immer hier bei ihm im Zimmer war.

»Du mußtest es tun!« erklärte Martine nachdrücklich. Sie kam mit eiligen Schritten zu ihm hinüber und faßte ihn am Arm. »Oder er hätte uns umgebracht!«

Knox starrte nur: Er starrte Martine an, den am Boden liegenden Dutton, das Messer in seinen Händen. Martine trat an seine Seite, schlang ihren Arm um das trockene Stück seines Ärmels und führte ihn aus dem Zimmer.

Der arme Edward gab wirklich ein trauriges Bild ab. Seine Hände und Unterarme waren blutverschmiert, und Martine schwitzte noch nicht einmal.

Es gefiel ihr, wie sich die Dinge entwickelten. Von jetzt an würde sie immer Männer die Drecksarbeit machen lassen.

Sie hatte gesehen, daß der Junge den Flur entlanggelaufen war. Sie eilte ihm nach und sah, wie er in die Küche schlüpfte.

»Hier entlang«, drängte sie Knox. »Schnell. Wir dürfen ihn nicht verlieren.«

Dutton stöhnte hinter ihnen. Er hatte nur bekommen, was er verdiente. Martine war froh, ihn los zu sein. Dutton hätte zu einem Problem werden können. Nicht wie ihr lieber, süßer Edward.

Knox eilte neben ihr her, hielt mit ihrem forschen Tempo Schritt, ohne wirklich zu sehen, wohin sie gingen. Es war, als hätte ihn der simple Einsatz eines Messers der Fähigkeit zu denken beraubt. Das war Martine nur recht, solange er das Messer abermals benutzen würde, wenn sie es ihm befahl.

Das Kind war nicht in der Küche. Wo konnte es hin sein?

Martine sah die Treppe, die zum Keller hinunterführte. Und dank der lieben, süßen Elinor wußten sie, daß es dort unten keinen Fluchtweg gab.

»Der kleine Mistkerl sitzt in der Falle!« Sie zerrte an Knox, um ihn die schmale Treppe hinunterzuführen. »Beeil dich, Edward!«

Edward nahm die Stufen so hastig, daß Martine befürchtete, er könnte hinfallen. Er begann zu keuchen und röcheln, während er die Treppe hinuntereilte. Der arme Kerl würde noch einen Herzinfarkt bekommen.

Selbst das war Martine recht, solange er ihr zuerst den Jungen besorgte.

Ja, das Benutzen von Menschen, sie dazu zu bringen, daß sie die Drecksarbeit erledigten, war eine weitere nützliche Lektion für Martine, noch etwas, für das sie sich bei Mr. Stauf bedanken mußte. Sobald sie den Jungen abgeliefert und ihre Belohnung erhalten hatten.

Und wenn Stauf sich weigerte, ihnen beiden den Preis zu geben? Was, wenn er darauf bestand, dem genauen Wortlaut des Briefes zu folgen? Was, wenn nur einer der Gäste am Leben bleiben konnte?

Nun, dann würde sich Martine eben doch die Hände schmutzig machen müssen.

28

Elinor hörte von unten die Geräusche eines Kampfes.

Sie fragte sich, ob sie umkehren sollte; vielleicht sollte sie nach unten gehen und nachsehen, ob sie helfen konnte. Was, wenn Temple oder der Junge an dem Handgemenge beteiligt waren?

Aber sie hatte eine Aufgabe zu erledigen; eine, die Temple und sie abgesprochen hatten. Sie hatte den Eindruck gewonnen, daß Hamilton Temple schon auf sich selbst achtgeben konnte. Und die Geräusche von unten konnten sehr wohl ein weiterer von Henry Staufs Tricks sein, wie das herabtropfende Blut im Keller, das überhaupt kein Blut war. Stauf könnte versuchen, sie von dem Ort fernzuhalten, wo er sie am wenigsten haben wollte.

Er wollte, daß die Gäste ihm den Jungen brachten. Und er wartete, irgendwo ganz oben am Ende der Treppe. Aber was, wenn jemand ohne den Jungen diese Stufen erklomm? Was, wenn es jemandem gelänge, den Jungen aufzuhalten, bevor er zu dem Spielzeugmacher kam, entweder indem er herausfand, wo der Junge sich versteckte, oder indem er die aufhielt, die den Jungen zu Stauf bringen wollten?

Was würde dann geschehen? Elinor hoffte, daß sie Gelegenheit haben würde, das herauszufinden.

Wie es am Ende auch kommen mochte, sie erklomm diese Treppe, um als Wächter zu fungieren, um sicherzustellen, daß Stauf nicht bekommen würde, was er sich am sehnlichsten wünschte.

War sie denn dazu fähig? Irgendwie hatte sie in den letzten Jahren ihrer Ehe aufgehört, ein sonderlich aktiver Mensch zu sein. Sie hatte die meiste Zeit zu Hause verbracht, war in so vielen Dingen so abhängig von Edward geworden. Aber sie war nicht immer mit Edward und seiner Arbeit und ihrem schäbigen kleinen Haus und all ihren nie enden wollenden Schulden verheiratet gewesen. Einstmals, vor langer Zeit, war sie eine selbständige Frau gewesen. Und sie würde wieder selbständig werden müssen.

Sie konnte sicher versuchen, das Kind zu finden. Aber was, wenn jemand anders ihn vor ihr fand? Was, wenn jemand den strampelnden Jungen die Treppe hinaufzerrte?

Sie hoffte inständig, daß dieser Jemand nicht Edward sein würde.

Kannte sie ihren Mann überhaupt noch?

Sie erinnerte sich daran, wie sie Staufs Einladung erhalten hatten. Es schien weit länger als ein paar Tage her. Aber andererseits hatte sie auch den Eindruck, weit mehr als bloße Stunden in diesem Haus zugebracht zu haben. Elinor seufzte. Konnte eine Nacht ein ganzes Leben sein? Hier drinnen kam es einem beinahe so vor.

Sie hatte von dem Moment an, wo sie die Einladung berührt hatte, ein schlechtes Gefühl gehabt. Aber Edward hatte darauf bestanden, daß sie mitkam. Und dann hatte ihr Mann und Beschützer sie in einem Haus voller Gefahren allein gelassen.

Was, wenn Edward mit dieser Frau, dieser Martine, die Treppe hinaufkäme? Oh, Edward mochte ja glauben, daß er beim ersten Zusammentreffen der Gäste sein Verlangen nach dieser jungen Frau gut verborgen hätte. Aber seine gesamte Einstellung gegenüber Frauen hatte sich offenbar geändert. Nach dem Zwischenfall im Keller schien er so wütend auf Elinor zu sein, so, als wäre sie nur eine Last, ein störendes Anhängsel. Er hatte keine Verwendung mehr für seine Frau.

Elinor war nicht im geringsten überrascht gewesen, als er verschwand. Wenn sie es genau überlegte, hatte sie schon lange Zeit – Jahre, um ehrlich zu sein – beobachtet, wie er jüngere Frauen beäugte. Vermutlich hatte sie in ihrem Herzen schon erwartet, daß er einen Seitensprung wagen würde, sobald eine von ihnen seinen Blick erwiderte. Wenigstens darin hatte sie sich nicht getäuscht.

Trotzdem hoffte sie, daß nicht Edward das Kind hier heraufbringen würde.

Martine, dieses schamlose Flittchen, konnte sie aufhalten, dessen war Elinor sicher. Und sie mochte auch stark genug sein, um sich Edward in den Weg zu stellen, aber würde er wirklich eingestehen, daß er etwas falsch gemacht hatte? Und wäre sie auch nur annähernd stark genug, um die beiden zusammen aufzuhalten?

Vielleicht würde es nicht dazu kommen.

Elinor begann, die Treppe hinaufzusteigen.

Es gab noch ein anderes mögliches Ende für all dies. Ihr wurde bewußt, daß sie Edward vielleicht nie wiedersehen würde.

Irgendwie schien das nicht annähernd so wichtig, wie es noch vor wenigen Stunden gewesen wäre.

Elinor konnte es nicht länger leugnen. Es mochte Jahre gedauert haben, bis es soweit gekommen war, aber sie war wütend: auf ihren heuchlerischen Ehemann, auf dieses Flittchen in dem roten Kleid und auf diesen verrückten Spielzeugmacher, der sie alle hierhergebracht hatte.

Und sie war wütend auf sich selbst, wie sie ebenfalls zugeben mußte. Sie war es leid, anderen die Kontrolle über ihr Leben zu überlassen. Sie würde von jetzt an selbst entscheiden, was sie tun und lassen würde.

Und sie mußte tun, was immer sie konnte, um ihrer selbst willen.

Elinor vermeinte, ein neues Geräusch zu hören – leise, hohe Stimmen, die Worte flüsterten, die sie nicht ganz verstehen konnte. War das ein weiterer von Staufs Tricks? Wenn, dann hatte sie keine Zeit dafür.

Sie betrat den zweiten Stock. Hier oben herrschte ein völliges Durcheinander, halb Werkstatt, halb Rumpelkammer. Überall lagen achtlos weggeworfene Spielsachen herum: Puppen ohne Arme, halb geschnitzte Pferde, Holzklötze mit seltsamen Symbolen darauf. Staufs Ausschuß, dachte Elinor bei sich. Und so viel davon, daß dieser Raum ein wunderbares Versteck abgeben würde.

Wenn der Junge hier oben war, wie konnte sie ihn dann dazu bringen, daß er sich zeigte? Wenn sie wenigstens wüßte, wie er hieß. Konnte sie sein Vertrauen gewinnen? Sie fand nicht, daß sie sonderlich furchteinflößend aussah. Aber es gab so viele unheimliche und gefährliche Dinge in diesem Haus, Dinge, die nicht immer das waren, was sie schienen. Elinor war nicht sicher, ob sie einer Menschenseele trauen würde, wenn sie so alt wie der Junge wäre.

Was war das?

Sie spürte es, sobald sie die Treppe hinter sich gelassen hatte.

Sie war nicht allein hier oben.

Sie hatte noch nie solch ungezügelte Kraft gespürt. Etwas schwängerte die Luft, etwas Böses. Kam es von Stauf? Er mußte jetzt sehr nah sein, so hoch oben im Haus. Aber irgendwie spürte Elinor, daß diese Kraft nicht von Menschen stammte, nicht einmal von dieser Welt.

Irgendwie wußte sie, daß diese Kraft eher Stauf kontrollierte denn andersherum.

Sie wollte fliehen, weg von dieser Kraft. Aber sie war schon zu lange geflohen. Sie mußte sich stellen, selbst wenn es ihr Ende bedeutete. Denn sie würde ein Nichts sein, wenn sie es nicht tat; ihre ganze neugewonnene Unabhängigkeit wäre nur Selbstbetrug.

Sie tastete sich vorsichtig durch die Berge von Spielsachen, einige nur halb fertiggestellt, die anderen halb zerbrochen.

»Ist jemand hier?« rief sie.

Sie vermeinte, eine leise Antwort zu hören, wie ein entferntes Flüstern aus den tiefsten Schatten; wieder diese Kinderstimmen. Aber sie hörte kein Rascheln im Gerümpel und auch nicht das keuchende Atmen eines Jungen auf der Flucht. Wahrscheinlich war er nicht hier. Aber etwas anderes war hier. Und Elinor würde es finden.

Was, wenn es einer der anderen war? Sie dachte an sie alle, ging im Geiste jeden einzelnen durch.

Warum sechs Gäste? Warum hatte Stauf von allen Menschen in der Stadt sie sechs ausgewählt?

Sie dachte an die anderen – das Flittchen Martine Burden, die alternde Julia Heine, den von Arthritis gezeichneten Hamilton Temple, den windigen Brian Dutton – und überlegte, was diese Leute mit ihrem Mann und ihr gemeinsam hatten. Sie hatten alle auf die eine oder andere Art ihr Leben vergeudet; sie hatten alle ihre Träume aufgegeben.

Das war es, was Henry Stauf ihnen versprach. Ihre eigenen, etwas abgenutzten Träume. Doch es schien jetzt ein leeres Versprechen.

Sie hatte das Gefühl, daß Staufs Versprechen, die Träume der Leute zu erfüllen, nur ein bloßes Lippenbekenntnis war. Der Spielzeugmacher schien weit mehr daran interessiert, mit ihnen zu spielen. Stauf ging es nur darum, daß er bekam, was er wollte.

Und was wollte Elinor Knox?

Sie war eine andere Frau geworden.

Sie nahm sich nicht mehr so wichtig. Sie selbst, Edward, ihre verblaßten Träume – das alles hatte seine Bedeutung verloren. Sie war aus einem bestimmten Grund in diesem Haus. Sie wollte das Kind retten. Und anschließend vielleicht auch all die anderen Kinder, wollte ihre Geister aus dieser verfluchten Villa befreien.

Sie hörte wieder das Flüstern. Aber es war jetzt deutlicher, deutlich genug, daß Elinor Worte und Sätze verstehen konnte.

»Bring mich heim ... will meine Mommy ... Darf ich jetzt spielen?«

Die Kinderstimmen wurden mit jedem Wort kräftiger. Elinor wußte jetzt, woher sie kamen. Die Puppen sprachen wieder zu ihr.

»Wo seid ihr?« rief sie. Sie dachte an jene anderen Dinge, die sie spürte, böse Dinge. »Seid ihr in Gefahr?«

»Sie können uns nicht mehr weh tun. Wir sind tot.«

»Wir sind tot. Und wir sind gefangen.«

»Hilf uns. Hilf uns, von hier zu fliehen.«

»Laß sie nicht herkommen!«

Die Puppenstimmen hatten zuvor dasselbe gesagt. Aber jetzt ergab alles einen neuen, furchtbaren Sinn. Das Böse, das Elinor spürte, war sehr nah. Es war jetzt noch wichtiger als zuvor, daß sie den Jungen fand.

Sie bahnte sich einen Weg durch den zweiten Gerümpelberg. Es sah so aus, als seien Teile von jedem nur erdenklichen Spielzeug dort aufgetürmt. Aber bis jetzt hatte Elinor noch nichts Lebendiges gefunden.

Sie mußte einen Moment stehenbleiben und sich ausruhen. Trotz des Drängens der Puppenstimmen machte dieses Haus sie sehr müde.

Es sei denn, es lag nicht an ihr.

Etwas stimmte hier nicht; es schien hier eine Macht zu geben, die die Energie aus der Luft um Elinor sog.

Diese Macht ließ jede Bewegung anstrengend werden, so als würde Stauf auf diesem staubigen Dachboden sogar die Luft kontrollieren. Elinors Arme und Beine bewegten sich mit jedem Gerümpelhaufen, den sie durchforstete, immer langsamer.

Ihre Gelenke schienen steif zu werden. Es fiel ihr immer schwerer, sich überhaupt zu rühren, als wäre die Schwerkraft hier oben stärker.

Vielleicht war sie es selbst, die sich veränderte. Ließ Stauf sie altern? Vielleicht welkte sie mit jedem Schritt. Vielleicht würde sie schließlich zu Staub zerfallen, während sie von einem Spielzeughaufen zum nächsten ging.

Sie wollte sich eine Haarsträhne aus dem Gesicht streichen, aber ihre Finger weigerten sich, sich zu spreizen. Sie schienen wie zusammengeklebt.

Elinor hob ihren Arm.

Ihre Hand schien wie aus Holz gemacht.

Elinor war kein Mensch mehr. Sie verwandelte sich in eines von Staufs Objekten, ein riesiges lebensgroßes Spielzeug, eine Marionette, mit der der Spielzeugmacher spielen konnte.

»Nein!«

Klappernd fiel sie zu Boden.

Ihre Stimme funktionierte noch, aber Arme und Beine konnte sie nun weder spüren noch bewegen.

»Hilf uns!« riefen die Puppen abermals. »Laß sie nicht hierherkommen!«

Elinor begann zu weinen. Wie sollte sie ihnen helfen, wenn sie sich selbst in eine Puppe verwandelte? Das würde mit ihnen allen passieren. Stauf war einfach zu mächtig.

Wenn er ihnen das antun konnte, wie sollten sie dann den Jungen vor ihm retten?

29

Tad hoffte, daß er keinen Fehler begangen hatte. Er war ohne nachzudenken die Treppe hinuntergelaufen, nur um so schnell wie möglich diesen verrückten Leuten in diesem verrückten Haus zu entkommen.

Aber es gab hier unten, in diesem Keller, diesem Labyrinth, so wenig Licht. Das erschwerte das Laufen. Man konnte leicht stolpern oder sich in den gewundenen Gängen verirren.

Es mußte hier doch Stellen geben, wo man sich verstecken konnte! Viele Stellen, bei all diesen Biegungen und Gabelungen. Und irgendwo hier unten mußte auch das eine oder andere Fenster sein. Und ein Fenster konnte geöffnet oder die Scheibe eingeschlagen werden. Es gab vielleicht sogar eine Kellertür. Tad war recht schmächtig; er könnte sich durch ein enges Loch zwängen. Er hatte sich schließlich auch durch das Küchenfenster gezwängt, um ins Haus zu kommen.

Selbst wenn die Fenster zu winzig waren, könnte er wenigstens zu seinen Freunden hinausrufen. Er war sicher, daß sie draußen warteten, einige zumindest, daß sie lachten und Kaugummi kauten und darauf warteten, Tad zu hänseln, wenn er wieder herauskam. Seine Freunde würden nicht weggehen, egal, wie spät es wurde. Oder?

Er lief einen Tunnel entlang, bog scharf nach rechts ab, lief einen weiteren Tunnel hinunter.

Er sah große rote Flecken an der Decke, die auf ihn heruntertropften. Es sah aus wie Blut, tränkte ihn in Rot. Aber Tad blieb nicht stehen. Das war nur wieder ein Trick, so wie der Flügel oben. Dieses Haus war voll von Tricks.

Er lief, bis er an den Eingang zu einem größeren Raum kam. Der Raum war so groß wie die Aula in der Schule, und überall standen Kisten. Es waren längliche Kisten – Kisten, die wie Särge aussahen.

Aber die Kisten oder Särge hielten nicht einfach still. Ihre Deckel schienen ständig in Bewegung, auf und zu, auf und zu, wie bei einem Geduldspiel.

Genau wie alles andere an diesem Haus – nur Tricks und Rätsel. Tad stand lange da und sah zu, wie sich die Sargdeckel öffneten und schlossen, öffneten und schlossen.

Er wollte umkehren, irgendwo anders hinlaufen. Aber wo sollte er hin? Er stand wie gebannt da und beobachtete das Schauspiel, so als warte er darauf, daß etwas geschah. Etwas Schreckliches.

Eine Hand reckte sich aus einem der Särge. Dann reckten sich plötzlich überall Hände hoch. Einige sahen aus wie die Hände von Skeletten, während andere mit ledrig aussehendem Fleisch überzogen waren – Haut, die in großen Schuppen abbrach, als die Hände die Kanten der Kisten umklammerten, um verwesende Leichen hochzuziehen, die Tad ansahen.

Gesichter tauchten über den Särgen auf, als sich die Leichen eine nach der anderen aufsetzten und Tad anlächelten, ihn mit ihrem hämischen Todesgrinsen fixierten.

Dann öffnete eine der Leichen ihren Mund.

»Wir warten auf dich, Junge«, sagte sie mit einer Stimme, die klang, als würde ein Messer über Stein schaben.

»Wir warten auf dich, Tad«, flüsterte eine andere Leiche, und es klang wie ein Windhauch. Eine dritte sagte dasselbe, diesmal mit dem Donnergrollen eines heraufziehenden Gewitters.

Tad schüttelte den Kopf. Sie würden ihn nicht kriegen. Er würde wieder weglaufen – irgendwohin – egal wohin. Aber irgendwie wollten sich seine Füße nicht bewegen; seine Schuhe schienen am Boden festzukleben.

Und die Leichen sagten etwas anderes:

»Wir sind hungrig, Tad. So hungrig.«

»Wir warten auf dich.«

»Wir sind hungrig. Wir warten.«

Er mußte hier weg. Er würde seine Füße schon dazu zwingen, sich zu bewegen, wenn er sich richtig darauf konzentrierte. Er mußte den Blick abwenden; irgendwo anders hinlaufen.

Die Leichen beugten sich in ihren Särgen vor, als wollten sie alle gleichzeitig hinausspringen, um Tad unter einem Berg aus faulendem Fleisch zu begraben.

Es waren nur Tricks, sagte Tad sich. Er würde sich nicht von Tricks unterkriegen lassen.

Er schloß die Augen. Und seine Füße bewegten sich.

Endlich konnte er sich losreißen, und er drehte sich um.

Dort, kaum zwei Meter entfernt, standen die junge Frau und der hagere, nervöse Mann aus dem Musikzimmer und beobachteten ihn. Edward, der hagere Mann, hielt noch immer das blutige Messer in der Hand. Er bewegte sich blitzschnell. Die Messerspitze bohrte sich in Tads Hals.

»Du kommst jetzt mit«, befahl der Mann.

Er und die Frau lächelten einander hämisch an. Tad blickte auf das Messer, das sich gegen seine Kehle preßte.

Die Frau schrie erschrocken auf. Edward stieß einen würgenden Laut aus. Das Messer verschwand von Tads Kehle.

Tad blickte auf und sah, daß jemand Edward am Hals gepackt hatte. Es war der alte Mann, den Tad in dem Spielezimmer gesehen hatte; der einzige Mensch, der bis jetzt noch nicht versucht hatte, ihn wie ein Stück Wild zu jagen.

Die beiden Männer rangen miteinander. Tad hörte ein lautes Rascheln hinter sich, als sich die Leichen aufsetzten. Sie schauten zu und grölten und johlten, während die beiden Männer kämpften, als würde dieser makabre Ringkampf zu ihrer Unterhaltung aufgeführt.

Der alte Mann schleuderte den Mann mit dem Messer gegen eine Steinwand.

Tad hörte ein Knacken. Das Messer rutschte Edward aus den Fingern.

Edward sackte zu Boden. Er hörte auf zu atmen. Vielleicht war es das Licht hier unten, aber für Tad sah es so aus, als würde der Mann mit den Schatten an der Wand verschmelzen, als wäre er zu einer Art Statue geworden, dem steinernen Abbild einer Leiche.

Tad und der alte Mann wandten sich der Frau zu.

Sie lächelte entschuldigend, als wollte sie sagen, daß sie an nichts von all dem die Schuld trug. Ihr Mund öffnete sich, aber es kam kein Wort heraus.

Tad und der alte Mann standen lange einfach nur da. Und dann begann die Frau, sich vor ihren Augen zu verwandeln.

Sie fing an zu beben, zuerst nur ein Schaudern, doch dann zitterte sie, als hätte sie Schüttelfrost. Und während sie zitterte, begann sie auseinanderzufallen.

Löcher taten sich in ihren Wangen und Händen auf, und dicker grünlicher Schleim quoll aus den immer größer werdenden Wunden. Ihr Grinsen verzerrte sich zu einer Fratze.

Eine riesige Zunge schlängelte sich aus ihrem verwesenden Mund, streckte sich nach Tad aus, als wolle sie ihn damit einwickeln und mit sich in den Tod ziehen.

Der alte Mann stellte sich vor Tad, bereit, ihn zu verteidigen, doch die riesige lange Zunge plumpste schwer auf den staubigen Boden, gefolgt von den grotesken Überresten Martine Burdens. Bald war nur noch grünlicher Schleim übrig, der langsam in die festgestampfte Erde des Bodens sickerte.

Aber Tad sah etwas in dem Schleim, bevor er verschwand. Ein Gesicht, das ihn hämisch angrinste.

Der alte Mann packte ihn an den Schultern. »Es ist alles in Ordnung, Junge. Es wird dir nichts geschehen. Sie ... es ... ist nur eine Illusion.«

Tad konnte dem nicht zustimmen. Hatte der alte Mann das Gesicht denn nicht gesehen? Es war nicht mehr das der Frau, sondern das des Spielzeugmachers gewesen – Henry Stauf. Und Stauf hatte gelacht.

Tad war überzeugt, daß die Frau wirklich dort gewesen war, und sie war gestorben, ermordet von Henry Stauf. So, als wären der hagere Mann und die Frau in Staufs Spiel eine Einheit, und wenn der eine tot war, mußte der andere folgen – als wären sie alle nur Marionetten für den irren Spielzeugmacher.

Das Stauf-Gesicht lachte und zwinkerte Tad zu, ein Zwinkern, das sagte: »Bis bald.«

Hinter ihnen verschwanden die Leichen wieder in ihren Särgen und klappten lautstark die Deckel zu, als könnten auch sie dieses Gesicht nur zu gut sehen.

»Hier ist nichts mehr«, erklärte der alte Mann. Er nahm Tad bei der Hand und führte ihn den Weg zurück, den er gekommen war, aus dem Labyrinth des Kellers heraus.

Tad blickte zu dem sonderbaren alten Mann mit dem Turban und dem Umhang auf. Vielleicht könnte er mit seiner Hilfe doch noch aus diesem Haus entkommen.

Wie hatte es nur so weit kommen können?

Dutton hatte die anderen gehen lassen müssen. Seine Knie waren schwach; er mußte sich gegen die Wand lehnen, um sich zu stützen. Eine kurze Verschnaufpause, und dann würde er sich wieder an die Arbeit machen.

Er mußte etwas finden, womit er die Wunde verbinden konnte. Wenn die Blutung erst mal gestillt war, würde es ihm bessergehen. Er würde noch genug Zeit haben, ins Krankenhaus zu fahren, nachdem er Staufs Preis gewonnen hatte.

Sobald er sich um seine Verletzung gekümmert hatte, würde er wieder in die Kapelle zurückkehren und den Priester um Hilfe bitten. Er war der Auserwählte. Staufs Brief hatte das deutlich gesagt.

Stauf würde Dutton nicht die Belohnung verwehren, nicht, wenn er dem Ziel so nahe war. Nicht, wenn er der Auserwählte war. Dies war nur ein kleiner Rückschlag. Dutton war ein Gewinner.

Er verließ das Musikzimmer, stützte sich dabei immer an der Wand ab. Er mußte zurück zu seinem Zimmer. Vielleicht eine kleine Verschnaufpause auf jenem schönen, weichen Bett. Es gab sicher in der Nähe ein Badezimmer mit einem Erste-Hilfe-Kasten. Wenn nicht, könnte Dutton immer noch die Laken benutzen, um sich daraus einen behelfsmäßigen Verband zu machen. Stauf würde es nichts ausmachen. Schließlich war Dutton der Auserwählte.

Er stützte sich schwer auf das Geländer, während er langsam die Stufen erklomm. Die Tür zu seinem Zimmer lag direkt gegenüber vom Kopf der Treppe. Nur noch ein paar Schritte. Als er in seinem Zimmer war, holte Dutton ein paarmal tief Luft und schleppte sich zum Bett hinüber.

Der Aktenkoffer lag noch immer dort, derselbe Koffer, den er benutzt hatte, um das Rätsel zu lösen, das ihn in die Kapelle geführt hatte. Er schob ihn beiseite, um sich hinlegen zu können. Aber als seine Finger das Leder berührten, streiften sie auch das Schloß.

Der Koffer schnappte einen Spalt breit auf. Dutton sah etwas Grünes darin aufblitzen.

Er stemmte sich mühsam auf dem Bett hoch und klappte den Deckel des Koffers ganz auf. Er war mit Geld gefüllt, bis an den Rand vollgestopft mit Zehntausend-Dollar-Noten.

Dutton grinste. Stauf hatte ihm seine Belohnung gegeben. Sie hatte die ganze Zeit hier auf ihn gewartet. Es mußten mindestens eine Million Dollar in dem Koffer sein.

Dutton würde sich nie wieder Sorgen ums Geld machen müssen.

Aber er hatte Mühe, die Augen offenzuhalten. Es lag sicher nur an diesem weichen Federbett. Ein Bett wie für einen König. König Dutton. Ihm war gar nicht bewußt gewesen, wie müde er war.

Er öffnete die Augen, um noch einmal das Geld anzusehen. Sein Blick fiel auf seine Hemdbrust, klebrig-naß und dunkel rotbraun, blutgetränkt.

Er hatte die Wunde ganz vergessen. Wo kam nur all das Blut her? Es schien, als würde es gar nicht wieder aufhören.

Er hatte Mühe, sich aufzusetzen. Das Geld würde ihm Kraft geben. Er streckte die Hand aus, um sich einige der Scheine zu greifen, aber er konnte seine Finger nicht mehr spüren.

Es gelang ihm, den Kopf zu schütteln. Das konnte doch alles nicht sein. Er war der Gewinner. Er war der Glückspilz.

Wie konnte er jetzt verbluten, da er reich war?

Er sackte aufs Bett zurück und starrte an die Decke.

Ihm war schrecklich kalt.

Bevor er die Augen schloß, sah er das Gesicht seines Bruders auf sich herabstarren, gegen eine Eisschicht gepreßt. Es überraschte ihn nicht einmal.

Tad hatte sich aus dem Griff des alten Mannes befreit. Sie waren nun fast aus dem Keller raus, bereit, nach oben zu gehen. Aber wie weit nach oben würde der Mann ihn bringen wollen?

»Du mußt mit mir mitkommen«, sagte der Mann mit dem Turban.

Tad blickte zu ihm auf und stellte die offensichtliche Frage, selbst auf die Gefahr hin, undankbar zu wirken ...

»Warum sollte ich Ihnen trauen?« fragte er.

Ein Teil von ihm wollte allen gegenüber argwöhnisch sein; es war dieses verrückte Haus, wo nichts war, was es schien. Doch noch während Tad die Frage stellte, wußte er, daß dieser Mann anders war. Diesem Mann konnte er vertrauen.

»Bitte«, sagte der alte Mann, aber mit einer Freundlichkeit

in seinen Augen, die Tad bei den anderen nicht gesehen hatte.
»Komm mit mir mit. Bevor ...«

Er bot Tad abermals seine Hand an. Und Tad ergriff sie.

Der alte Mann blickte auf, ahnte etwas, aber es war zu spät.

Tad blickte ebenfalls auf; er hörte ein hohes, leises Pfeifen, das Geräusch von etwas, das durch die Luft sauste.

Es war ein Draht; ein dünner, silbriger Draht, der aus dem Dunkeln hervorschnellte. Er peitschte quer über den Gang, über Tads Kopf hinweg, aber gerade in der richtigen Höhe, um dem alten Mann den Hals zu durchtrennen.

Hamilton Temple ließ Tads Hand los und griff nach oben, versuchte den Draht zu packen, bevor er ihm die Kehle durchschnitt.

Aber er war zu langsam, seine Hand kam zu spät. Der Draht wickelte sich um seinen Hals. Und irgendwo in den Schatten über ihnen zog etwas mit unglaublicher Kraft den Draht stramm.

Der alte Mann röchelte. Seine Augen quollen vor. Er blickte zu Tad, als wollte er sich entschuldigen.

»Nein«, entfuhr es Tad, und er spürte, wie ihm Tränen in die Augen traten, obwohl er dagegen ankämpfte. Er fing an zu weinen. Wie ein Baby. Der alte Mann durfte nicht sterben. Er war der einzige, der ihm helfen wollte.

»Nein, Mister, bitte«, flehte er.

Der Draht zog sich immer fester. Tad blickte hoch. Der Draht wurde durch ein Loch in der Decke über ihnen gezogen. Ein weiterer Trick des Spielzeugmachers.

Die Augen des alten Mannes quollen noch weiter vor. Er keuchte. Versuchte zu husten.

Er sackte in sich zusammen, baumelte schlaff in der Drahtschlinge. Er hörte auf, sich zu bewegen, dann hörte er auf zu atmen.

Der Draht lockerte sich. Der alte Mann glitt zu Boden.

Tad stand da und starrte auf die Leiche zu seinen Füßen. Er

wartete. Er hörte, wie die Kellertür aufging. Er hörte Schritte herunterkommen.

Schwere Schritte.

Er konnte nirgendwo hin. Er vermeinte zu hören, wie sich hinter ihm wieder die Sargdeckel öffneten. Die hungrigen Leichen warteten auf ihn.

Er konnte auf die Schritte von oben warten.

Oder er konnte versuchen, sich an ihnen vorbeizudrücken.

30

Julia Heine hatte genau getan, was Stauf wollte – hatte den Draht so angebracht, daß er Temple den Kopf abschneiden würde, wenn er vorbeikam –, und der Trick hatte wie geschmiert geklappt. Temple war aus dem Weg geschafft. Tad war allein und schon so gut wie in ihrer Hand. Jetzt würde sie ihre Belohnung bekommen.

Sie tänzelte zu ihrem Zimmer hinauf.

Sie sah in den Spiegel. Sie war alt, aber ihre Falten sahen im schmeichelnden Kerzenschein nicht ganz so schlimm aus. Es erinnerte sie an das Spiegelbild, das sie früher gesehen hatte.

»Einst hatte ich wunderschönes Haar«, verkündete sie.

Sie lächelte ihr Spiegelbild an. Glänzte ihr Haar tatsächlich schon, wie es das vor so vielen Jahren getan hatte? Vielleicht hatte ihre Belohnung bereits begonnen.

»Einst war ich jung«, fügte sie hinzu, begierig darauf, den Prozeß zu beschleunigen.

Ja! Die Julia im Spiegel wurde jünger. Ihr Gesicht war jünger, straffer. Die Ringe unter ihren Augen, die Krähenfüße, die Falten auf ihrer Stirn, sie alle verschwanden. Stauf wußte, was Julia wollte, und sie würde ihre Belohnung erhalten!

»O ja«, drängte sie das Spiegelbild. »Jung. Das ist es, was ich will. Ich will wieder jung sein. Das ist es ...«

Sie sprach zu dem Spiegel wie zu einem Geliebten. Sie lockte, gurrte, wies den Weg. Sie hatte sich völlig Staufs Willen ergeben, und nun würde Stauf sich revanchieren. Ja! Sie hatte seit Jahren nicht mehr solche Erregung, solche Hoffnung empfunden. Eine völlig neue Zukunft lag vor ihr. Sie würde nicht mehr dieselben Fehler begehen. Sie würde die Finger von der Flasche und den miesen Kerlen lassen. Sie würde ihre Jugend und Schönheit einsetzen, um etwas in der Welt zu erreichen.

Sie bewegte sich wie beschwingt!

»Aber gern«, sagte sie mit einem koketten Lächeln, »für diesen Tanz bin ich noch frei.«

Aber das Spiegelbild wurde immer jünger.

Es ging ein wenig zu weit.

Julia wollte eine junge Frau sein, in den Zwanzigern, ein paar Jahre jünger als Martine Burden. Sie wollte nicht zu jung sein. Sie hatte eine so schwierige Pubertät durchlebt. All die Dinge, die ihr Vater getan hatte, und ihre Mutter hatte sie nicht beschützt. Julia wollte nie wieder an diese Dinge denken.

»Nein, bitte ...« Sie schüttelte den Kopf. »Das ist zu ...«

Doch sie verwandelte sich zurück in ein kleines Mädchen, wurde einige Zentimeter kleiner. Sie konnte nicht mehr klar denken, es war, als hätte sie mit den verlorenen Jahren auch sich selbst verloren.

Bald würde sie sich an gar nichts mehr erinnern, erkannte Julia mit Entsetzen. Sie würde dieselben Fehler noch einmal begehen.

»Nein, das habe ich nicht gewollt!« kreischte sie. »Das ...«

Sie blinzelte. Warum war sie hier? Warum war sie in diesem merkwürdigen Haus? Hatte sie etwas falsch gemacht? Bestrafte Mommy sie wieder?

»Nein, Mommy! Ich will meine Mommy! Ich ...«

Aber dann hatte sie vergessen, wie man sprach. Und lief.

Sie war zu klein, um sich selbst im Spiegel zu sehen, purzelte schließlich vom Stuhl und kroch auf allen vieren über den Boden. Sie kroch vom Spiegel weg.

Irgendwie war sie plötzlich in der Eingangshalle.

Sie war wieder Julia Heine. Die alte Julia, alle Jugend war verschwunden.

Stauf konnte ihr geben, was sie sich wünschte. Aber sie mußte ihre Wünsche klarer ausdrücken. Und es gab noch mehr zu tun.

Sie würde den Jungen finden und ihn dem Spielzeugmacher bringen. Aber vielleicht sollte sie sich zuerst einen guten, starken Drink genehmigen.

Sie hatte ihre Lektion gelernt. Das würde ihr letzter Fehler sein.

Wenn sie schließlich Stauf von Angesicht zu Angesicht gegenüberstand, würde sie ihm ganz genau sagen, was sie brauchte.

Tad konnte nicht noch einmal den Anblick jener Särge ertragen. Also beschloß er, sich dem zu stellen, was ihn holen kam, ganz gleich, was es war. Er war jung, und er hatte flinke Beine. Vielleicht konnte er an den sich nähernden Schritten vorbeischlüpfen und das Erdgeschoß erreichen.

Er hatte gerade mal ein paar Schritte auf den Kellerausgang zugemacht, als er ungläubig blinzelnd erstarrte.

Er war nicht mehr im Keller.

Statt dessen stand er am Kopf einer weiteren Treppe und konnte einen Raum vor sich sehen, den er noch nicht kannte. Der Raum lag weit höher im Haus, als Tad bis jetzt gewesen war, über dem ersten Stock. Irgendwie hatte Stauf ihn bis hier ganz nach oben gebracht.

Tad begann zu weinen. Wie sollte er entkommen, wenn der

Spielzeugmacher das Haus um ihn herum verändern konnte, so daß er nie wissen würde, wo ihn seine Schritte hinführten?

Doch es ging noch weiter. Er war noch nicht ganz bei Stauf. Vielleicht konnte er doch noch wieder nach unten laufen. Vielleicht konnte er doch noch einen Weg aus dem Haus finden.

Er drehte sich zur Treppe und sah eine Frau, die auf ihn zukam.

Die Frau lächelte.

Julia Heine war klug genug gewesen, die Treppe hinaufzusteigen statt nach unten zu gehen. Stauf half ihr jetzt, wies ihr den Weg. Eine Hand wäscht die andere, vermutete Julia. Sie stieg hinauf in den zweiten Stock, und da war der Schlüssel zur Erfüllung all ihrer Wünsche, direkt vor ihr.

Sie sah den Jungen an, der am Kopf der Treppe kauerte. Was für ein süßes Gesicht. Was für ein niedlicher Junge.

Julia streckte die Hand aus und streichelte ihm über die Wange. Sie war naß. Der Junge weinte.

»Nein«, sagte Julia. »Du mußt keine Angst haben. Komm, erzähl's mir. Wie heißt du?«

Der Junge weinte weiter, aber er antwortete ihr.

»T-Tad.«

Es mußte schwer sein für jemanden, der so jung war. Er würde niemals die Bedürfnisse der Älteren verstehen. Wofür Stauf ihn opfern mußte. Wie dringend Julia diese Belohnung brauchte. Wenn sie ihre Jugend wiederhatte, würde sie wissen, was sie damit anfangen sollte.

Er war ein so armer Junge, so jung, so dumm. Julia würde seinem Schmerz ein Ende machen.

Sie griff nach Tads Hand. »Komm mit, Herzchen«, sagte sie. Sie zog den Jungen auf die Beine.

Es würde alles sehr schnell vorbei sein. Sie würde den Jungen jetzt zu Henry Stauf bringen und sich ihre Belohnung holen.

Tad reichte ihr die Hand. Er wußte nicht, was er sonst tun sollte.

Er hatte diese Frau schon einmal gesehen, in der Küche, wo sie die Dosen sortiert hatte. Sie hatte sich ein bißchen verrückt aufgeführt, völlig versunken in das, was sie gerade tat.

Tad fragte sich, wie verrückt sie jetzt war.

Sie war eine alte Frau. Sie sah sogar ein bißchen wie seine Großmutter aus. Sie würde ihm doch nicht weh tun, oder?

Sie zog an Tads Hand, führte ihn über den Dachboden. Überall lagen halbfertige Spielzeuge und anderes Gerümpel herum, und sie mußten sich vorsichtig einen Weg durch das Durcheinander bahnen.

Tad war immer noch nicht sicher, ob er mitgehen wollte. Man hatte ihm beigebracht, Erwachsenen zu gehorchen, aber er konnte einfach nicht vergessen, was seine Mutter ihm darüber erzählt hatte, was böse Menschen mit Kinder machten.

»Wo gehen wir hin?« Er versuchte, seine Hand zu befreien, aber die Frau hielt ihn so fest am Handgelenk gepackt, daß es schon fast weh tat. »Wohin bringen Sie mich?«

Sie lächelte ihn an, ein freundliches Großmutterlächeln.

»Mach dir keine Sorgen, Schätzchen.« Ihr Tonfall war sehr ruhig und freundlich. »Jetzt wird alles gut. Du bist in Sicherheit. Du bist bei mir. Alles ist ...«

Sie redete und redete. Tad fand, daß sie irgendwie *zu* freundlich klang.

Der Raum vor ihnen sah sehr merkwürdig aus, so als würde die ganze Seite des Hauses schimmern. Tad hätte es nicht wirklich erklären können, aber er fand, daß die Luft vor ihnen aussah wie ein Frosch, den man gerade aus dem Teich geholt hatte, glitzernd vor Wassertropfen.

Wenn sie jene schimmernde Oberfläche durchschritten, gab es kein Zurück mehr. Dessen war Tad sicher.

Woher wußte er das?

Er hörte ein Geräusch, wie das Winseln eines verletzten Tiers. Irgend etwas war verletzt und versteckte sich hier oben auf dem Dachboden.

Vielleicht hatte diese Frau schon anderen weh getan.

Hier stimmte etwas nicht. Die Dame zerrte ihn zu schnell neben sich her. Tad stemmte seine Absätze gegen den Boden und versuchte, ihren Eilmarsch durch den Raum aufzuhalten.

»Was war das?« fragte er.

»Nichts, Liebes«, erwiderte die Frau, ohne ihn anzusehen. »Wir müssen weiter.« Spielzeuge purzelten in alle Richtungen, während sie ihn weiterzerrte. »Es ist alles in Ordnung. Ich bin ja bei dir.«

Aber Tad hatte etwas gehört, ein trauriges Wimmern, das offenkundig von etwas stammte, das auf dieser Welt keine Hoffnung mehr hatte.

Und das Wimmern wurde lauter. Es hallte durch den Dachboden, bis das ganze Haus stöhnte.

Es war eine Frauenstimme, die da wimmerte, eine andere Frau, nicht die, die Tad festhielt. Die Stimme klang ebenso verängstigt, wie Tad sich fühlte.

Er wandte den Kopf nach rechts und links. Die Stimme kam von irgendwo zwischen den Spielzeughaufen, aber durch den Widerhall war es schwer, sie genau zu lokalisieren.

»Hallo?« rief Tad.

»Helft mir«, erwiderte die verängstigte Stimme. »Bitte, warum hilft mir denn niemand ...«

Wieder versuchte Tad stehenzubleiben, aber die Frau ließ ihn immer noch nicht los. Er entschied, daß er genug von dieser überfreundlichen Dame mit dem eisernen Griff hatte. Wenn sie ihm wirklich helfen wollte, dann hätte sie auch der Frau helfen wollen. Sie war zu freundlich an der Oberfläche und gar nicht freundlich darunter, wie die Hexe in dem alten Märchen von Hänsel und Gretel.

Er würde sich nie einfach losreißen können, also machte Tad einen Satz nach vorn und trat der alten Frau gegen das Schienbein. Sie schrie auf und ließ ihn los.

Tad sprang zur Seite. Vielleicht konnte er die zweite Frau finden und sie aus den Spielzeugbergen befreien. Vielleicht konnten sie gemeinsam fliehen.

Die alte Dame umkreiste ihn und versperrte ihm den Weg zur Treppe nach unten. Sie sah jetzt gar nicht mehr freundlich aus; der Tritt gegen das Schienbein hatte sie wütend gemacht.

Tad sprintete nach links. Er war der Stimme jetzt näher, dieser Frau, die immer wieder und wieder um Hilfe rief.

»Helft mir. Bitte. Ich kann mich nicht bewegen. Ich brauche Hilfe ...«

Tad hatte die Stimme fast erreicht. Er stürzte sich auf einen Berg Spielsachen, grub zwischen kaputten Geduldspielen und Puppen ohne Kopf und räderlosen Lastwagen und ...

Er sah jemanden am Rand des Haufens.

Ein Frauengesicht ragte aus den achtlos aufgetürmten Spielsachen.

Die Frau öffnete den Mund.

»Hilf mir ...«

Tad sah sie stirnrunzelnd an. Ihr Gesicht war in Ordnung, aber irgend etwas stimmte mit ihrem Körper nicht. Es sah aus, als wäre sie an Stöcke gefesselt, wie die Arme und Beine einer großen Marionette.

Tad schaufelte kaputte Spielsachen aus dem Weg, in der Hoffnung, die Frau befreien, sie aus dieser seltsamen Rüstung holen zu können, in der sie anscheinend steckte.

Die Frau sah Tad direkt an. »Irgend etwas stimmt nicht mit mir. Ich habe mich hier umgeschaut, und ...«

Tad nahm die letzten Spielsachen von ihrem Körper und betrachtete sie abermals. Sie war nicht an Holzstangen gebunden. Das waren ihre richtigen Arme und Beine, oder was aus ihren Armen und Beinen geworden war, denn nun waren es nur noch lange Holzstöcke. Sie hatte einen Menschenkopf, aber ihr ganzer Körper sah aus, als wäre er aus buntlackiertem, glänzendem Holz.

Sie verwandelte sich in ein Spielzeug, eine riesige Marionette.

»Ich kann mich nicht bewegen!« rief sie.

Was sollte er tun?

Tad schüttelte den Kopf und lächelte traurig. Ein Teil von ihm hätte am liebsten laut geschrien bei diesem Anblick – eine Frau, die sich in ein Stück Holz verwandelte! Aber ihm konnte nichts mehr angst machen. Außerdem würde es ihm nichts nützen – nicht jetzt. Er mußte hier weg.

Oder er würde Henry Stauf Auge in Auge gegenüberstehen.

Er blickte auf und sah einen verstaubten Spiegel. Ein seltsamer Spiegel, verziert mit Schnörkeln und Spiralen und kleinen Punkten, wie Augen.

Hatte er diesen Spiegel nicht schon einmal gesehen?

Er murmelte eine Entschuldigung für die hölzerne Dame und wandte sich ab. Irgendwie war es sehr wichtig, daß er in diesen Spiegel schaute. Er sprang über einen kleineren Spielzeughaufen und baute sich vor dem Spiegel auf. Er starrte in das Glas.

Aber das Glas zeigte nur Dunkelheit. Wenn das wirklich ein Spiegel war, dann zeigte er eine andere Zeit oder einen anderen Ort.

Tad war von Magie umgeben: die hölzerne Dame, die schimmernde Luft, dieser seltsame Spiegel. Wenn er doch nur ebenfalls lernen könnte, sie zu benutzen. Dann würde er dem alten Stauf schon zeigen, was eine Harke war.

Er hörte hinter sich das Klappern von Spielsachen. Die andere Dame war wieder hinter ihm her. Tad schaute sich nach einem Fluchtweg um, aber der Zauberspiegel war ganz tief in eine Ecke geschoben, mit noch größeren Gerümpelbergen zu beiden Seiten. Der einzige Weg hier heraus war der Weg, den er gekommen war.

Er drehte sich um und sah, daß die alte Frau ihn schon fast erreicht hatte. Er machte einen Satz nach vorn und versuchte, ihr auszuweichen.

Und sie packte ihn, diesmal so fest, daß ihre Hände sich wie Klauen anfühlten. Sie zerrte Tad zu der Tür am anderen Ende des Dachbodens.

»Komm her.« Ihre freundliche, beruhigende Stimme hatte sich in ein Knurren verwandelt. »Komm her, du kleiner ...«

Ihr Gesicht war wutverzerrt, sie war ganz starr vor Haß. Tad war so überwältigt von dieser Veränderung, daß er für einen Moment vergaß, sich zu wehren.

Sie traten durch die schimmernde Wolke. Tad schaute sich um. Alles auf dieser Seite des leuchtenden Vorhangs glitzerte, als wäre es von Morgentau bedeckt.

Die Frau stieß die Tür mit solcher Wucht auf, daß sie gegen die Wand knallte. Dann machte sie sich an den Aufstieg, Tads Hand noch immer fest umklammert.

Jetzt gab es kein Zurück mehr. Am Ende dieser letzten Treppe wartete Stauf auf sie.

32

Er weiß, was zu tun ist.
Er hörte die Stimmen vor sich. Es ist an der Zeit, die Treppe zum Dachboden zu erklimmen.

Er nimmt die Stufen mit schnellen Schritten und kommt in den zweiten Stock. Überall liegen kaputte Spielsachen herum, genau wie erwartet. Von der anderen Seite des Raums ertönt

Lärm. Die alte Dame zerrt den Jungen noch immer nach oben. Ihm bleibt noch eine Minute bis zur letzten Konfrontation.

Er bahnt sich einen Weg durch das Gerümpel. Da ist ein anderes Geräusch, ganz nah, ein Murmeln, so, als versuche jemand, durch einen Knebel zu sprechen.

Er sieht eine Frau auf dem Boden liegen. Oder zumindest war es einmal eine Frau. Staufs Macht hat sie verwandelt, hat ihren Rumpf, ihre Arme und Beine zu poliertem Holz werden lassen. Die Form ihres Kopfes ändert sich vor seinen Augen, wird runder, mit aufgemalten Apfelbäckchen. Ihr Haar verwandelt sich in enganliegende hölzerne Locken.

Sie scheint ihn auch zu sehen. Ihre Lippen, noch immer menschlich, verziehen sich zu einem leisen Lächeln.

Trotz der Veränderungen erkennt er sie. Es ist Elinor Knox. Der Name kommt ihm einfach so in den Sinn. Vielleicht kennt er die Namen aller Gäste.

Elinors Haut wird hart und glänzend. Ihre Augen sind strahlendblau, als hätte man ihr Glasmurmeln in den Kopf gesetzt. Er ist überrascht, daß sie überhaupt etwas sehen kann.

»Ich wußte, daß du zurückkommen würdest«, sagte sie.

Er ist schon früher hier gewesen, viele Male. Das weiß sie also auch?

»Ich kann nicht bleiben«, erwidert er. Aber vielleicht weiß sie das ebenfalls.

Das Sprechen fällt ihr schwer. Ihr Mund quietscht, wenn sie spricht, als würde ihr Kiefer von Scharnieren gehalten.

»Oh, natürlich«, bringt sie heraus, und das Quietschen wird mit jedem Wort lauter. »Wie dumm von mir. Du bist der andere.« Ihre strahlendblauen Augen blicken zum anderen Ende des Dachbodens, als wolle sie die Treppe hinauf in Staufs Versteck sehen. »Ich kann ihn nicht mehr retten. Aber du kannst es.«

»Ja«, pflichtet er bei und erkennt, daß dies von Anfang an seine Bestimmung war. Er schaut zu jener letzten Treppe. Die

Stimmen der Frau und des Jungen sind jetzt weiter weg. Er muß sich beeilen.

Er dreht sich wieder zu Elinor Knox um, doch ihre Verwandlung ist nun vollendet. Ihr Gesicht ist erstarrt. Wo sich noch vor wenigen Augenblicken ihr Mund bewegte, ist jetzt nur noch ein hölzernes Lächeln. Doch er hat das Gefühl, daß sie einen anderen Gesichtsausdruck hätte, wenn er nicht hiergewesen wäre.

Er wird jetzt nach oben gehen und diesem Lächeln eine Bedeutung geben.

Er steht auf. Dort, direkt vor ihm, ist ein Spiegel, ein recht ausgefallener Standspiegel, dessen Rahmen mit Schnörkeln und Spiralen und kleinen, augengleichen Punkten verziert ist.

Etwas zieht ihn zu dem Spiegel hin. Es wird nur einen Augenblick dauern, und es scheint sehr wichtig.

Er tritt vorsichtig davor, weicht den kaputten Spielsachen aus, die überall herumliegen. Zuerst ist das Glas dunkel. Doch dann bewegen sich Farben in der Dunkelheit. Sie sind einen Moment lang verschwommen, aber schließlich fügen sie sich zu einem Bild zusammen.

Es ist ein Bild, das er nicht erwartet hätte.

33

Alles lief so gut, daß Henry Stauf am liebsten applaudiert hätte. Alles verlief genau nach Plan, seine Gäste starben pünktlich und – wenn möglich – auf die erniedrigendste Weise, die vorstellbar war. Stauf wollte schließlich mit Fug und Recht stolz auf seine Arbeit sein.

Man mußte sich nur seine bisherigen Erfolge ansehen. Besonders stolz war er auf den banalen Tod von Hamilton Temple, der so absolut nichts mit Magie zu tun gehabt hatte; und dennoch besaß die Strangulation mit einem Draht ein gewisses orientalisches Flair. Für Stauf war es sein persönlicher indischer Seiltrick.

Und die anderen! Der arme Edward Knox, der sich übernommen hatte, als er alles Geld, das er sich je gewünscht hatte, schon in Reichweite hatte und es doch nicht ausgeben konnte. Und die teure Martine Burden, die ihr Schicksal besiegelt hatte, als sie versuchte, jemand anderen dazu zu bringen, die Verantwortung für ihre Taten zu übernehmen. In Henry Staufs Villa trug jeder Verantwortung. Als ihr neuer Partner Edward starb, nun, da hatte sie seine Schuld teilen müssen. Und seinen Tod.

Jeder hatte den angemessenen Lohn erhalten.

Nun, einige seiner Gäste waren nicht vollkommen tot.

Er hatte Elinor Knox ... nun ... nicht ganz am Leben erhalten – aber sie würde nie wieder in der Lage sein, etwas selbständig zu tun. Er konnte sich keine bessere Marionette vorstellen.

Jetzt waren nur noch Julia Heine und der Junge übrig.

Und der Junge, der liebe Tad, war für die Stimmen reserviert. Der letzte Teil ihres Paktes. Das letzte Blut, das, was sie endgültig befreien würde!

Stauf hätte am liebsten schallend gelacht. Aber er mußte sich um andere Dinge kümmern.

Schließlich konnte er sie schon auf der Treppe hören.

34

Er sieht in den Spiegel. Und ein Junge blickt zu ihm zurück; Tad Gorman starrt ihn an, von Angesicht zu Angesicht.

Einen Moment lang glaubt er, der Spiegel würde ihm einen Streich spielen.

Aber nein. Der Spiegel zeigt ihm tatsächlich sein wahres Abbild.

»Ich bin schon einmal hier gewesen«, flüstert er. »Ich habe all das hier gesehen. Immer wieder und wieder ...«

»Hilf mir!« fleht Tad von der anderen Seite. »Bitte.«

Er streckt die Hand aus und berührt den Spiegel mit dem Finger. Auf der anderen Seite streckt Tad ebenfalls seine Hand aus und berührt dieselbe Stelle auf dem Glas, Fingerspitze an Fingerspitze.

Aber es fühlt sich überhaupt nicht an, als würde der Finger auf Glas stoßen. Statt dessen hat Tad das Gefühl, eine andere Hand zu berühren. Selbst wenn jene Hand ein anderer Teil seiner selbst ist.

»Ich hab ja versucht, ihm zu helfen«, sagt er leise, oder vielleicht denkt er es auch nur. »Hab versucht ... mir selbst zu helfen. Und immer versagt. Immer wieder ...«

Er hört eine Frau auf der Treppe nach oben schreien.

»Du kleiner Mistkerl!«

Sobald er die Worte hört, weiß er, daß es Julia Heines Stimme ist. Und Tad – oder er selbst – hat sich für einen Moment losgerissen.

Es ist an der Zeit. Er muß gehen. Vielleicht wird es diesmal funktionieren.

Nur er kann alles ändern.

35

Julia Heine zerrte den Jungen die letzte Treppe hinauf und in ein kleines Giebelzimmer ganz oben im Haus.

Dort, in der Mitte der dunklen Kammer, saß Henry Stauf.

Er saß reglos und zusammengesackt in einem Rollstuhl. Er gab kein Zeichen, daß er sie bemerkt hatte. Julia fragte sich, ob er vielleicht schliefe. Selbst in dem fahlen Licht, das durch das Giebelfenster fiel, konnte sie sehen, wie gebrechlich er geworden war. Sie hätte nie gedacht, daß er so alt wäre.

Für einen flüchtigen Moment kamen ihr Zweifel. Wenn er die Macht über Leben und Tod besaß, warum benutzte er sie dann nicht bei sich selbst?

Aber vielleicht hatte Mr. Stauf andere Dinge im Sinn. Vielleicht war seine Macht nicht vollkommen, bis er den Jungen hatte.

Und er hatte Julia die Erfüllung ihres Herzenswunsches versprochen.

Stauf regte sich in seinem Rollstuhl. Er blickte ganz langsam auf, als bedeute jede Bewegung eine große Anstrengung. Er sah den Jungen an, dann wandte er sich Julia zu.

»Bring ihn her«, befahl er.

Oh, natürlich. Julia zerrte den Jungen zu ihm. Stauf zum ersten Mal so aus Fleisch und Blut zu sehen, hatte sie ein wenig erschreckt. Sie war aus einem bestimmten Grund hierhergekommen. Und dann sollte sie ihre Seite des Paktes auch vollständig erfüllen.

Wieder jung zu sein! Sie dachte an die Aussicht, die ihr der Schlafzimmerspiegel geboten hatte. Sie hätte beinahe gekichert, als sie Stauf den Jungen übergab.

»Ich habe ihn hergebracht«, plapperte sie eifrig. »Den, den Sie gewollt haben. Den Gast. Ich ...«

Der kleine Mistkerl fing wieder an, sich zu wehren.

Selbst jetzt versuchte er noch zu fliehen. Wußte er denn nicht, daß es hoffnungslos war?

»Nein!« schrie Tad, während sich jeder Muskel seines schmächtigen Körpers gegen sie stemmte. »Bitte. So helft mir doch!«

Julia riß den Jungen grob an sich und stieß ihn zu Stauf. Sie war froh, den Satansbraten endlich loszuwerden.

Konnte der Junge denn nicht sehen, daß er verloren war?

Er stürmt nach oben und wird Zeuge jener Szene; eine Szene, an die er sich nur zu gut erinnert.

Er tritt in das Giebelzimmer. Der Raum ist eng, schlecht beleuchtet und – wenn das möglich ist – noch heruntergekommener als der Rest des Hauses. Der Gestank ist überwältigend, ranzig und faulig, eine Mischung aus Säure und Verwesung.

Doch als er Tad ansieht, vergißt er den Raum, den Gestank, einfach alles.

»Ich bin dieser Junge«, sagt er laut. Niemand in dem Raum dreht sich um, als er spricht. Anscheinend können sie ihn nicht hören. In diesem Moment spielt keiner der anderen eine Rolle.

Er kann seinen Blick nicht von dem Jungen losreißen; er spürt, daß er der Mann ist, zu dem Tad einmal werden wird. Aber Tad wird nur zu einem Mann heranwachsen, wenn Stauf aufgehalten werden kann.

Kann Stauf aufgehalten werden? Das ist die einzig wichtige Frage, der Grund, weshalb er in diesem Raum ist.

Und er ist hier, der Mann, zu dem Tad werden wird. Vielleicht ist das schon die Antwort. Was immer er ist, sei es die Zukunft des Jungen, der Geist des Jungen, die Hoffnung der Menschheit – vielleicht nur die Hand des Schicksals –, es bleibt keine Zeit, seine wahre Bestimmung in Frage zu stellen. Zweifellos hat er das in der Vergangenheit getan, und es hat Tad das Leben gekostet.

Sein Leben.

Er riskiert einen Moment, um sich umzuschauen – und sich zu erinnern. In diesem Giebelzimmer ist alles anders. Irgendwie sind alle Gesetze der Physik außer Kraft gesetzt. Vergangenheit, Gegenwart und vielleicht sogar die Zukunft können gleichzeitig nebeneinander existieren.

Stauf hat in diesem Haus die Gegebenheiten von Zeit und Raum verändert. Der Mann, der einmal Tad gewesen ist, hat es in den Rätseln, in den Tricks und in der Art, wie Stauf die

Menschen hat sterben lassen, gesehen. Und nirgendwo ist die Macht stärker als hier, in Staufs Versteck, ganz oben unter dem Dach des Hauses.

Wenn er es verstehen kann, kann er es zu seinem – und Tads – Vorteil nutzen.

Aber die anderen im Raum können ihn weder sehen noch hören, und er sieht auch durch sie hindurch, als wären sie ebenfalls Geister. Wie kann er in dieser Situation etwas bewirken?

Tad schreit, als er zu Stauf gestoßen wird.

»Nein! Lassen Sie mich gehen!«

Staufs Mund öffnet sich leicht, und eine schlangengleiche Zunge schnellt hervor, wie auf der Suche nach Fliegen.

Julia nimmt das alles nicht wahr. Ihr runzeliges Gesicht hat sich zu einem seligen Lächeln verzogen. Ihre Füße bewegen sich tänzelnd über die verrotteten Bodendielen. Sie schubst Tad nach vorn, bis er kaum noch einen Meter von Staufs Rollstuhl entfernt ist.

»Mein Wunsch«, ruft sie im Singsang-Ton. »Ich bekomme meinen Wunsch erfüllt.«

Stauf grinst nur, ein Grinsen, das so breit ist, daß es aussieht, als wäre sein Zahnfleisch eingetrocknet und hätte nichts als gelbe, halb verfaulte Zähne hinterlassen.

Sein Mund öffnet sich ganz weit. Er übergibt sich.

Eine Fontäne dicker, grüner, zäher Flüssigkeit ergießt sich auf den Boden. Sie gleitet über die verrotteten Dielenbretter, umschließt Julia Heines Füße wie etwas Lebendiges.

Julia fängt an, in der Flüssigkeit zu versinken.

»Nein«, ruft sie ungläubig. »Was machen Sie …«

Sie schlägt auf den Boden ein, aber die grüne Lache packt ihre Hände und saugt sie gierig auf.

Jetzt ist es an Julia, sich nach Leibeskräften zu wehren. Nur, daß jede Bewegung sie scheinbar noch schneller versinken läßt.

»Nein, nein, Sie haben mir etwas versprochen ...«, schreit sie den stummen Stauf an. »Sie haben mich betrogen!«

Jetzt ist es an ihr zu schreien. Nur, daß ihre Schreie sich schon bald in dem blubbernden Schleim verlieren.

Tad starrt einen Moment auf die Stelle, wo Julia Heine verschwunden ist. Die grüne Flüssigkeit sickert in die Bodendielen. Einen Augenblick später ist auch sie verschwunden.

Tad dreht sich um und weicht vor Stauf zurück. Aber der Junge ist zu nah bei dem Verrückten. Der zukünftige Tad – wenn er das ist – erinnert sich, was als nächstes kommt.

»Lauf weg!« ruft er. »Lauf weg, um Gottes willen!«

Tad blickt zu seinem älteren Gegenstück, aber es zeigt sich kein Erkennen in seinen Augen.

Der ältere Tad öffnet abermals den Mund, um zu rufen, aber jeglicher Laut wird von einem plötzlichen, alles erstickenden Schwall schreiender Stimmen übertönt.

Wieder reißt Stauf den Mund auf. Seine Zunge schnellt heraus, unbeschreiblich lang, und wickelt sich um Tad.

Tad schreit, als Staufs Zunge ihn vom Boden hochhebt und auf den Schoß des Alten reißt, wie eine Echse ihr Abendessen einfängt. Stauf öffnet seinen Mund weiter, dann noch weiter. Er macht sich bereit, seine Beute zu verschlingen.

Der Rollstuhl bewegt sich nach hinten, zurück in die Dunkelheit.

Das Haus beginnt zu beben. Die Wände pulsieren, heben und senken sich, als würde der ganze Raum atmen. Sie fangen an, von innen zu leuchten, während kleine Geschwüre aus ihnen aufbrechen. Die Wucherungen breiten sich aus und dehnen sich, entrollen sich zu massiven Tentakeln, die sich ausstrecken, als witterten sie das letzte Opfer, das die Beschwörung vollenden soll.

»Nein!« brüllt der Mann, zu dem Tad vielleicht werden wird, während er die Treppe hinunter zurückweicht. »Was geht hier vor? Was geschieht ...«

Aber das Grollen des Hauses und die Stimmen sind jetzt so laut, daß er nicht einmal seine eigenen Schreie hören kann. In den schimmernden Wänden scheinen sich Risse aufzutun. Doch dann erkennt er, daß die Wände durchsichtig geworden sind. Was zunächst wie Risse wirkte, sieht jetzt wie Adern aus. Er hat flüchtige Visionen von Ereignissen, die anderswo im Haus passiert sind – dem Kampf im Musikzimmer, dem Gespenst im Suppentopf, den Leichen im Keller. Und von hundert Puppen, die mit hundert Stimmen rufen – so, als ob Zeit und Raum keine Bedeutung mehr hätten.

Die Tentakel wachsen noch immer überall um ihn herum, drohen, den ganzen Dachboden auszufüllen, wie wildwuchernde Krebsgeschwüre. Einige der Tentakel verdicken sich, werden zu Armen, die nach ihm greifen, während anderen Kinderköpfe wachsen, die ihn in einer Sprache, die er nicht versteht, anbrüllen. Der Lärm ist ohrenbetäubend und wird mit jedem Augenblick lauter.

Und irgendwo inmitten all dieses Wahnsinns erhebt sich eine einzelne Stimme, die alle anderen übertönt. Tads Stimme.

»Hilf mir!«

Dann sind es zwei Stimmen, eine junge und eine alte, die zusammen rufen.

»Hilf mir! Hilf mir!«

Und dann sind es mehr als zwei. Die Stimme von Elinor Knox hat mit eingestimmt – Elinor Knox, deren Gesicht zu Holz geworden ist, aber die trotzdem irgendwie in seinem Kopf schreit.

»Hilf mir!«

Und Elinor Knox ist nicht allein. Er erkennt, daß hinter ihr noch hundert weitere Stimmen klingen, hoch und drängend und verzweifelt.

»Hilf mir!« flehen sie, und er erkennt, daß es die Stimmen der Puppen, die Geister der Kinder sind! Irgendwie ist es ihnen gelungen, durch Elinor zu sprechen.

Dann hört der erdrückende Lärm mit einem Schlag auf, und alles ist dunkel.

Und dann verändert sich die Welt – abermals.

Tad würde nicht zulassen, daß sie ihn kriegten! Er würde kämpfen, er würde beißen und um sich treten und kratzen, bis die Dame ihn losließ!

»Nein! Ich will hier raus!«

Sie zerrte ihn die Treppe hinauf in den letzten Raum. Tad war ihr völlig egal. Sie gehörte zu diesen bösen Menschen, vor denen seine Mutter ihn gewarnt hatte.

Und Henry Stauf, der Spielzeugmacher, war auch einer.

Die Frau riß Tad nach vorn, so daß er den alten Mann im Rollstuhl sehen konnte. Tad wäre beinahe gestolpert, als sie ihn nach vorn schubste.

»Mein Wunsch!« schrie die alte Dame, ihre Stimme so schrill wie die eines kleinen Mädchens. »Ich werde meinen Wunsch erfüllt bekommen.«

Tad sah sie an, und es dämmerte ihm langsam, daß sie völlig den Verstand verloren hatte.

Plötzlich kam etwas aus Staufs Mund, eine Fontäne von etwas Grünem und Widerlichem, das zielstrebig um die Füße der alten Dame floß.

Die Dame begann, darin zu versinken.

»Nein! Was tun Sie ...« Sie wehrte sich, aber die Flüssigkeit sog sie ein wie Treibsand. Es sah aus, als würde der grüne Schleim sie verschlingen, als wäre er hungrig.

»Nein!« schrie die Dame. »Nein ... Sie haben mir etwas versprochen ... Sie haben mich betrogen!«

Ihre Worte wurden abgeschnitten, als ihr Kopf in der zähen Flüssigkeit versank. Tad blickte zu Stauf. Er mußte hier raus.

»Lauf!« rief jemand. »Um Gottes willen ...«

Wer war das? War hier oben noch jemand?

Tad kannte diese Stimme und brauchte keine Ermutigung.

Er wirbelte herum und rannte los, aber schon beim ersten Schritt hielt ihn etwas fest.

Etwas wickelte sich um seine Taille, riß ihn um und zog ihn zurück zu Stauf.

»Bitte«, flehte Tad verzweifelt. »Bitte ... hilf mir.«

Tad konnte ein grausiges, schmatzendes Geräusch hinter sich hören, von dort, wo Stauf saß. Und von irgendwo anders her erscholl ein Poltern, als würde das ganze Haus auseinanderfallen.

Aber er hatte noch immer eine Hand frei, und diese Hand streckte er nun aus. Es war noch jemand hier; jemand, der ihm helfen könnte.

»Bitte, hilf mir!« rief er.

Und die Stimme antwortete viel lauter als zuvor:

»Nein, bei Gott. Nein! Du bekommst ihn nicht.«

Tad sah eine Hand, die in der Luft vor ihm schimmerte.

»Du bekommst mich nicht!«

Das Schimmern breitete sich aus und öffnete sich, und Tad sah einen seltsam vertrauten jungen Mann vor sich stehen.

Der junge Mann streckte die Hand aus, und ihre Finger berührten sich. Ihre Hände schlossen sich umeinander. Tad konnte spüren, wie Wärme und Stärke aus den Fingern des anderen in die seinen flossen.

Der junge Mann war nicht allein. Hinter ihm konnte Tad die lächelnden Gesichter von hundert Puppen sehen. Und als er noch einmal hinsah, erkannte er, daß es gar keine Puppen waren, sondern hundert lächelnde Kinder.

Tad hatte das Gefühl, daß dies alles mit Stauf und ihm und dem jungen Mann hier auf dem Dachboden schon einmal geschehen war. Aber diesmal war es anders. Diesmal würden die Kinder ihnen helfen.

Tad spürte, wie sich Staufs Griff lockerte. Er riß sich los und sah, daß der alte Mann sich verwandelte. Die Haut in seinem Gesicht und an seinen Händen verschrumpelte, trocknete aus und blätterte ab, bis die Knochen darunter frei lagen. Dann zerbröckelten auch die Knochen, ebenso wie der Rollstuhl und all die sonderbaren neuen Dinge, die in diesem Raum gewuchert waren ... alles zerfiel zu Staub.

Tad konnte nicht anders. Er weinte. Aber er lächelte auch.

»Du hast mich gerettet«, flüsterte er dem fremden jungen Mann zu. »Du ...«

Doch ein gleißendes Leuchten erfüllte den ganzen Raum und schnitt Tad das Wort ab. Draußen war die Sonne aufgegangen, und Licht strömte durch alle Öffnungen herein; durch alle Fenster um ihn herum und durch das Oberlicht über ihm.

»Alles hat sich verändert«, sagte er, und hatte dabei das Gefühl, daß der junge Mann, so vertraut und doch so fremd, in seine Worte miteingestimmt hatte. »Jetzt ist alles vorbei. Jetzt und ...«

»Für immer ...« beendete der Mann den Satz, und für Tad sah es so aus, als verwandelte sich der vertraute Fremde selbst in Licht, als würde er leuchten und dann verlöschen, während die Strahlen der Sonne den letzten Winkel des Raums erreichten.

Das Sonnenlicht wurde immer heller, bis Tads ganze Welt von gleißendem Weiß erfüllt war.

Irgendwo in der Ferne konnte er das Lachen von hundert Kindern hören.